新装版

まだ生きている

佐藤愛子

リベラル社

目次

第1章 退《ひ》きどき

第2章 この道は誰もが通る道

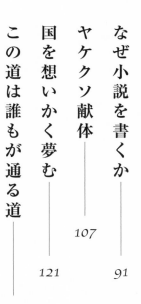

第4章

花散る日に思う

第1章

退《ひ》きどき

退《ひ》きどき

一九九〇年、六十七歳の時に書き出した「我が老後」も五冊を数え、私の八十一歳の誕生日もはや過ぎた。五冊目の「我が老後、それからどうなる」の「オール讀物」連載が終った時、このへんで長の冬眠に入るつもりだった。編集部から、どうですか、またそろそろ……と誘われたりすることもあったが、冬眠の決意は堅かった。

「人間、退き時が大事」と私の母はよくいっていた。父は昭和の初期、大衆小説や少年少女小説を書いて、大衆小説の「大御所」などと囃《はや》されたこともあったが、加齢と共に作品がパターン化してきて、

「お父さんの小説、オモロないねぇ。いっつも、どれも同じやわ」

と私と姉はこっそりいい合ったりしていたのだが、ある日、少年倶楽部の担当編集者が若い人に代り、

「今回（の原稿）はまことに困りました」

という苦情の手紙がいきなり来て、父は書き直しを要求された。

それまでチヤホヤされていたものだから、父の憤激は脳天を突き抜けるほどのものだった。

「講談社、不遜なるをもって筆を絶つ」

一行、日記にそう記し、以後、一切書くことはなかった。

それまでの担当編集者も、本当は内心困っていたのかもしれない。困りつつもそれまで習慣的に美辞麗句を弄してきたため、今になって苦情がいえなかった。運よく(それとも画策か?)担当替になって何も知らない新米が無邪気に気負ってやってきた。気負っているものだから遠慮なくいいたい放題いった。その結果、新米さんは他の部へトバされたという。が、彼は正しいことをいっただけだと、当時私は思ったものだった。

それにしても「不遜なるをもって」の一行には何ともいえない悲哀がある。己れの無敵を信じていた殿さまが、若侍と剣を交えて敗れ、「この無礼者!」と怒るような。

「退き時が大事」という母の言葉はその時に出たものである。母はまた、

「お世辞を真に受けるからいかんのです」

ともいっていた。退き時を誤るのはお世辞を真に受けるからで、「己を知る」ことが大事なのである、と。父は単純な感情家、母は疑い深い深慮遠謀の人だった。母は私が父に似た激情型のお人好しであることを見抜いていて、だから父をダシにしては折にふれ私に訓戒を垂れていたのだ。

しかしながら私が冬眠に入る気持になったのは、その訓戒のためではない。私の書くものなんぞ、いわば筆のすさびであるからして、たとえ「今回はまことに困りました」といわれたとしても、「無礼者」とはいわない。

「うーん、そうかもなあ……そうだろうなあ」

と思うだけだ。母の言葉を服膺《ふくよう》しているというよりも、エネルギーが乏しくなってきているためなのである。かつて私には父譲りの滾滾《こんこん》とわき溢れるエネルギーの泉があり、その水勢をもって無才をものともせずもの書きとして生きてきた。しかし今泉は涸れ、チロ、チロチロと侘びしい音を立てて溲瓶《しびん》に落ちるじいさんのおしっこの如きエネルギーしかなくなっている。

昔は「もうヘトヘト、もう書けない」といっていても、編集者や読者から、

「そんなこといわないで、もっと書いて下さいよ。怒って下さいよ。佐藤さんが怒るとキモチよくて、元気が出るんです」

などといわれると、

「あんたはマゾかい」

なんていいながら調子にのってペンをとり、怒ってもいないのに怒ったフリをして、

「それでも男か、恥を知れ。そもそも男たるものは……」

と些細なこと（路上で強盗に遭った男が女を置いて逃げたというような）でも憤激してみせたものだ。そう書いているうちに気分が昂揚してきて本当に憤怒が沸き出し、わくわくして楽しくなったりした。

今はいくら怒って下さいといわれても、

「いや、もう、ダメです、へ、へへへ」

と笑っている。「笑ってごま化す」というやつだ。同衾《どうきん》の彼女から、

「あんたって見かけ倒しねえ。しっかりしてよォ」

と怒られ、

「いやもう、トシだよ……」

へへへと笑う男の気持はこんなものであろうか。


そこで毎日、ノターッとしている。思うことといえば冷蔵庫のサンマの焼きざましを食べなければ、とか、便秘は今日で何日目か、とか、去年の今頃はまだ仕事をしていたなあ、いくらか元気だったんだなあ、電話口で喧嘩もしたなあ、というような他愛のないことだ。そうだ、あの喧嘩というのはこうだった。夕方、食事の支度に台所に立つ頃になると、どういうわけか証券や不動産や家屋修理などの勧誘電話が頻々《ひんぴん》とかかる。新聞や牛乳の集金もたいてい夜になってから来るのは、働く主婦が増えて昼間は留守の家が多いからなのだろう。集金は仕方ないとしても忙しい夕暮時にかけてきて、何の関りも関心もないのに一方的にクドクド説明してしつこく勧誘する手合は迷惑この上ない。そこで私はいった。

「今は夕飯の支度をしている最中ですから、お話を聞いている暇はありません」

するとたいていは「すみません」といって引き下るのだが、その時、そやつは、

「じゃ、なぜ電話に出たんですか！」

と声を大きくしたのだ。

「なぜ出たかって⁉」

私は忽ち《たちま》瞬間湯沸器となった。胸にボッと火がつき、バ、バ、バ、バーッと燃え上った。

「電話のベルが鳴ったから出たに決ってるでしょ！　ベルの音で、あんたみたいな頭が悪いくせにクソ理屈いうやつからだということがわかれば出ませんがね！」

我ながら大音声。すると相手はこう答えたのだ。

「なるほどね、へーえ」

ガチャン！

切ったのは私の方である。切ったというより受話器を叩きつけた、というべきだろう。あの頃はまだ元気があったなあと、（引退力士みたいな気分で）思い出しているうちに、「なるほどね、へーえ」という相手の声が蘇ってきて、

「ン？　待てよ……」

ふと思った。「なるほどね、へーえ」とは何だ。へーえとは。これはどこまでも挑戦してきているいい方ではないか。あそこで切らずに向うの出方を見てやればよかったと思う。おそらくこの若造は親から文句をいわれたこともなく育ち、ちょっと勉強ができるのをいいことに、クラスで威張っていたのに違いない。負けん気が強くなって、屁理屈で人をへこましては自己満足に浸っていた。あんな時間に勧誘電話をかけさせるような会社はどうせ三流だろうからそこでは一応キレ者ということになっているのかもしれない。しかし負けん気が禍《わざわい》して、社内の評判は悪い。特に女の子に嫌われているが、本人はそれに気がついていない。社内（といっても人数は知れてる）で一番の美人が自分に気があると勝手に思いこんでいて、苗字で呼ばないで、わざと名前を、しかも「さん」をつけずに呼び捨てで呼んだりして、蔭で悪口いわれ……と、つまらぬ想像をふくらませたりするが、それだけのこと。三十年前ならこの電話ひとつですぐユーモア短篇小説を書いているところだ。

そんなところへ若い友人が来て、例によって話題は世情のあれこれになった。昔は女が寄ると必ず夫やら姑やら、隣りの奥さんやら、その奥さんの友達やら、次から次へと個人的悪口が始まるものと決っていたが、当今は世情についての論評である。それだけ日本女性が知的になり、批評精神が備《そなわ》ったということだ、との意見があり、またそれだけ世の中に低次元の出来ごとが多くなったという意見もある。何かにつけて意見続出。歎いたり悲しんだり心配したり怖れたり怒ったりする前に、まず分析があり意味づけがあり批判がある。それが文明社会の生き方であるかのように。

最近、過熱しているのは、「ヨン様追っかけ現象」の論評らしい。若い友人に教えられたことだが、ヨン様を追いかけているのはおおむね中年と孫のいる初老の女性、中には七十八十の老女もいるそうで、その現象についてある識者は「ヨン様にあって日本の男にはなくなってしまった男の清潔感へのノスタルジィ」であるといい、別の識者は「実生活で得られなかった『純愛』への憧れ」だと指摘し、別の意見は「男から女としてあつかわれなくなったことへの寂しさを埋める気持」であるという。その多くは男性識者たちの分析で、識者でない男性は、「バカ」「アホ」の一言で終っているそうだ。

「どう思います？　佐藤さんは？」

と訊かれたが私のまず第一の感想は、

「みんなカネと時間があるんだなァ」

のひとことである。それから、

「無駄金使わないのは主婦にとって何より優先する主義、覚悟、いや本能ともいうべきものだったのになァ」

と嗟歎《さたん》する。

「でも、無駄金と思わないんですよ、あの人たちは」

といわれ、そうかァ、なるほどねえ、というしかない。要するにかつての日本人の特質が変ってしまったということなのだろう。つまり「貧乏日本の貧乏人」ではなくなったということだ。それをよろず質素倹約を旨とし、「貧乏日本」で育った者がとやかくいっても始まらないのである。すると若い友人はいった。

「この間もテレビでこんなことをいってる熟年女性がいました。『孫がいてもこんなにときめくことが出来るのは幸せです』って」

「ふーん」

という。彼女が期待するように怒ろうと思えば怒れないことはないが、それではパターンだ。それにもう、怒ってみせるのも億劫だ。そこでいった。

「これはもしかしたらどこかの国が、日本の女をアホにする毒を撒いてるのかもね」

「毒を撒く？　これは面白いご意見ね。で、それは女にだけ効く毒ですか？」

と彼女は活気づく。仕方なく、

「男用の毒は意気地なしにする毒ね。成分は同じようなものかもしれないけど、男と女の体質の違いで症状が変って出るのかも」

「それで？　どうなります？」

「そのうち毒が廻って日本は滅びるでしょう」

「滅びるんですか！　でもどんなふうに？」

「多分、中国あたりの属国になるでしょう」

「だとすると？……どんな目に遭うんですか」

「日本人はみな労働者としてコキ使われるでしょう。脚に鎖をつけられてグヮラグヮラ引きずりながら鉄や材木を運ぶ。明けても暮れても熔鉱炉の前、熱風に耐えて鉱石を溶かし鉄を造らされる。上半身裸で、熱風を浴びて火傷《やけど》だらけ……」

「なんだか、ひと昔もふた昔も、いや百年も二百年も昔の話のようですね」

かまわずいう。

「若い女は奴隷か売春婦、年をとって役に立たなくなったら山に捨てられます」

「おば捨山ですか?」

「そう、皆、山で餓死します。これはかつて日本が犯した罪への復讐です。そうだ、そして子供は軽業《カルワザ》――」

「軽業って?」

「あなた、軽業を知らないの? サーカスですよ。綱渡り、空中ブランコ、玉のり……その稽古の厳しいこと。失敗すると鞭で叩かれます。その上、身体を柔らかくするためにお酢を飲まされる……」

「いつの時代の話ですか! ふざけないで下さいよ」

彼女は呆れて帰ってしまった。

と、ぼんやり思い出されてきたことがある。もう三十年ほど前のことになろうか。私の友人H子はある日、隣家の奥さんに誘われてIデパートの歳末バーゲンセールへ出かけた。隣りの奥さんとは日頃、そう親しくしているわけではなかったが、いつもニコニコと穏やかでもの静か、親切な人柄を、かねてより好もしく思っていたという。

Iデパートの開店は十時だがH子と奥さんは九時過ぎに玄関前に着いた。既に大勢の買物客が集まり、ひしめいている。やがて時間がきて扉が開いた。どっと人の群は店内になだれ込み、エレベーターへと殺到する。エレベーター前ははや長い行列が出来ている。隣りの奥さんは、

「階段へ！」

と一言叫ぶなり、脱兎《だっと》の如くに走り出した。H子もその後を追う。バーゲン会場は八階である。八階に向って女の群がものもいわずにダ、ダーッと駆け上る。七階と八階の間で、H子は足をすべらせて転んでしまった。

「あーッ！」

と叫び、助けを求めて隣りの奥さんを見れば、奥さんははや踊り場を曲りかけてい

て、上からキッと睨みつけ金切声で叫んだ。

「なにしてんのよっ!!」

その目の怖ろしさ。引きつった頬。曲った口。思わず、

「ごめんなさい」

といったH子の横をダッダッダッダッと駆け上っていく無数の脚とお尻。やっと立ち上ってバーゲン会場に辿り着いたが、隣りの奥さんの姿はついに捜し出せなかったという。

「それにしてもホントに穏やかな、いい人だったのよ……それが……」

とH子は悪夢を語る人のように声を落したのであった。

ああ、僅か三十年前だ。その時代の日本の主婦はこのように涙ぐましい奮闘力をもって家計を守ったのだ。一心不乱に家庭に尽したのだ。それが主婦の使命、いや生甲斐だったのだ。

その日本の主婦の、男にはない馬力、情熱、一心不乱の突進力はどこへ行ったか。なんと、ヨン様を追って走る平成のオバタリアンに受け継がれているのだ。

敗戦後の日本を焼野原から今日の文明国へと築いたのは、働き蜂となった男たちと、この日本女性の馬力だった。その馬力が六十年経って、己れの卑俗な欲望を満たすことに発揮されているとは。

かつての我が国では欲望を抑制することが美徳だった。だが今は欲望に向って走ることに何のためらいも羞恥もない。

「孫がいてもこんなにときめくことが出来るのは幸せです」だと？　ばあさんの幼児化ここに極まれり！

なんだか急に胸に火がついて、元気が出てきた。つまり私は怒り出したというわけだ。「退き時」もヘッタクレもあるもんか。私は俄《にわ》かに原稿用紙を広げ、このシリーズの通しタイトルを記した。

「まだ生きている」と。

ヨン様のおかげか、オバタリアンのおかげか。ヨン様騒ぎは私にとってのバイアグラになったのである。

サトマギ

田代希介と名のる人から手紙を貰ったのは私の長篇小説「血脈」が出版された年、平成十三年か、その翌年の頃だったと思う。手もとに取っておいたその手紙を何年ぶりかで取り出したのは、それを貰った時からずーっと心にかかっていたこと——出せなかった彼への返事をこの誌面を借りてしたためようと思ったからだ。

というのもその時、手紙を読むとすぐに返事を書き、封筒に納めてさて宛先を書こうとしたら、先方からの手紙の封筒が見当らない。慌てて捜した。捜しに捜したがない。他の郵便物の無用のものと一緒に捨ててしまったようだった。

手紙は文藝春秋気付だったので、担当のH女史から私の所に届けられていた。念のためにH女史に電話をしたが、当然のことだが私に宛てた手紙の差出人の住所を女史が書き留めておくわけがない。

「そういえばあの後暫くして、この間の手紙、佐藤さんに届けてくれましたかという問い合せの電話がありました」

とH女史はいった。勿論届けました、とH女史は答え、相手はそうですかといって電話を切ったという。

私の返事を手紙の主は待っていたのだ。待ちかねて文藝春秋へ電話をかけたのだ。そのことを思うといても立ってもいられない気持になった。つまりそれはそれほど大切な手紙だったのである。

だいたいこの頃は用もない（ダイレクトメールのような）郵便物が多過ぎる。なぜかと訊きたいような寄附金を求める書簡も少なくない。つまり屑籠に投げ入れたくなるような郵便物が多過ぎるのだ。そういう時は勢がついているものだからどんどん屑籠に投げ入れ、つい必要な書類まで捨ててしまい、後で屑籠は無論のこと外に出しておいたゴミ袋を持ち帰って、生ゴミや原稿の反古《ほご》などをかき分けかき分け捜すという騒動も一度や二度ではない。

そんなふうにして屑籠をかき廻すたびに、私は「田代希介さん」のことを思い出す。申しわけないというか残念無念というか、大切なものをなくしてしまった落胆、自責の念に嘖《さいな》まれるのである。

その手紙の封筒は捨ててしまったが、中身はここにある。それをここに披露して、田代希介さんへの返事としたい。田代さんがこの一文を読まれることを祈りつつ。

「前略
おいそがしいところおそれいります。

『血脈』読ませていただき、大変面白く、また自分の身に引きあわせ大変勉強になりました。たまたま仕事の帰りに酔って本屋に入り、先生の本が見つかったので血脈（上）を一冊買ったらレジの若い男が酔っ払いと見て二冊分の請求をし、私も気がつかず一万円からおつりをもらった次第です。

中巻を読み下巻を読んだ時、『とん平』のくだりで私の記憶と重なり合う部分があることに気がつきました。

その店の名前が『とん平』という名前とは知らなかったのですが、次の文章を読んで、『そんなはずはない』『失礼である』『不愉快である』『思い違いではないか』『無礼である』等、考えた時はごみ箱へ捨てて下さい。
私はTデパート本店で三回仕事をし、そして辞めました。昔のことなので、このことが私の30代の時のことなのか、40代の時のことなのかよく覚えていません。私の思い違いかもしれません。橋のたもとには古いくずれ落ちそうな蛇屋があり、ガラスの中の棚には瓶に入った蛇があったと記憶しています。

田代希介」

以上があまりうまくない字で書かれた手紙で、それと一緒にパソコンで打った自伝風の文章が入っていた。

「彼は田代希介《まれすけ》といった。生れは昭和十八年九月三十日である」という書き出しから、両親の出自が記され、母の母、即ち希介の祖母「桂」は「佐藤操貞と木村競次郎という裁判官」との間に生れた子供で、「小学生にして琴の越後獅子を仕上げ、天才少女といわれた」という。

私は「佐藤操貞」という名に記憶を呼び醒まされた。私の父佐藤紅緑（本名洽六《こうろく》）には「そで」、「そみ」、「その」という三人の妹に「そわ」という姉がいた。「そ」づくしの姉妹なのが面白くて名前だけは知っていたが、誰が誰だかわからない。すべて遠い過去の人なので、わかろうとも思わなかった。手紙にある「操貞」は「そで」と読むのであろう。とすると田代希介は私の叔母に当る「おそでさん」の曾孫《ひまご》らしい。つまり「琴の天才少女」と私は従姉妹ということになる。

我が佐藤の一族には「サトマギ」という言葉があって、それは突出した「普通でなさ」「過激さ」「短気我儘」などの始末に負えない性情を持っている者の総称である。いつ誰がいい出したものか不明だが、おそらく「普通」の家から佐藤家へ嫁いできた妻たちが、その「普通でなさ」に呆れ驚いてそう呼ぶようになったのではないだろうか。我が著「血脈」はその「サトマギ」の悲喜劇を書いたものだ——。

そんなふうに考えていた私は、中野翠さんのサンデー毎日の連載エッセイ「満月雑記帳」541回で「いちまきの物語」という文章を読み、驚愕し且うろたえた。

「いちまきの物語」はこういう文章で始まっているのである。

「『いちまき』という言葉は、ほんの数年前に知った。

親類の法事に出たら、大正生まれの叔母が『こうしていちまきと会うこともだんだん少なくなるから……』と言ったので、文脈から『あ、一族という意味の言葉なんだな』と察したものの、私は初めて聞いたのだった。

あとで辞書を見たら、ちゃんと出ていた。『いちまき＝血族の一団。また、同行の一団』。どうやら「まき＝古代の氏族、近世の本家・分家の関係など、同一の血族団体。まけ。まく』から来た言葉のようだった」

「サトマギ」とは「佐藤巻」の津軽弁ではなかったのだ。世に「左巻」という言葉があり、「左の方へ巻くこと。頭の働きが狂っていること。きじるし」と広辞苑にある。私はそこから勝手に連想して佐藤巻という字を当て嵌めて考えていたのだ。佐藤家の一員として、そう連想するのが最も自然だったのだ。

ここに謹んで謝罪訂正いたしますが、以降の文章は、サトマギを佐藤巻（左巻）と思い込んだものとして、お読み下さることを伏してお願い申します。

さて「そで」「そみ」「その」の三人の中で、一番下の「おそのさん」は当時の女性としては珍しかったであろう小学校の先生で、「サトマギ」の女性代表者ともいうべき人物だったらしい。授業中に視学《しがく》の授業参観があり、ぞろぞろとお供を率いた視学が教室へ入って来た。視学といえば今の教育長のような地位であろうか、よろず権威主義の当時にあっては平の、しかも女の教師などが心安く言葉を交せる人物ではなかった。とにかくエライ様であるから、彼は中折帽を被ったまま教室に入ってきて脱帽しない。それを見たおそのさんは大音声をもって教壇から叱咤した。

「児童が勉学にいそしむ神聖な教室で、帽子を被ったままとは何ごとか！」と。

余談だがこの人が結婚して女児を産んだ。その子供の名前を私の祖父弥六《やろく》が「杵」とつけた。臼のように太っているおそのが産んだのだから「杵」がいいというのが命名の理由である。この祖父弥六が、サトマギの元祖である。

もう一人、三女のおそみさんは、いつも詩吟の本を懐《ふところ》に入れていて、気が向くとその本を取り出して声高に詩を吟じていた。私の家へ来るとやおら縁側に立ち、庭に向って詩吟を――叫ぶというか、喚くというか、とにかく吟じつづけ、父は苦虫を噛み潰したような顔で、今にも爆発寸前といった危うい空気が家中に漲ったことが忘れ難く私の記憶にある。

私の知っている「おそみさん」はやはり「サトマギ」の一人だったのであろう。

田代希介さんの曾祖母四人姉妹の次女おそでさんは果してサトマギだったかどうか、イトコの佐藤きむさんに訊いてもこの人については何もわからないという。挿話が何もないということは、早逝したためもあるだろうが、多分この人は数少ない「非サトマギ」の一人だったのであろう。

つい話は逸れてしまった。田代希介の自伝に戻すことにする。

彼は若い頃、渋谷のTデパートで、箪笥を販売していた。その時のことである。

「箪笥が並んでいる前の通路をふらふらと、年配の男女が歩いてきた。男は和服の着流しでふらふらしている。女はそれを支えるように手を添えて腕を回してゆっくり歩いてきた。

Ｔデパートの家具売場はその時、エスカレーターの工事中で、エスカレーターは遮蔽物で覆われていて使えなかった。田代は、

『お客様申しわけありませんがエスカレーターが工事中なのでこちらの階段でお願いします』

といった。瞬間その年配の男は丸い顔を真赤にして怒鳴り始めた。火の玉のように怒鳴っている。田代は何を怒っているのかさっぱりわからなく、あっけにとられて立っていた。

この男は何で怒っているのか？　私が何か失礼なことでもしたのだろうか？　田代は唖然として言葉を失い突っ立っていた。するとそばにいた女がいった。

『いいんです。この人病気なんです』

そういって二人は遠去かっていった。

二人が十五メートルぐらい行った時、田代は突然ひらめいた。

あっ！　あの男は今東光か！

あのかんしゃくは今東光に違いないと思った。少し経つと売り場で一番仲の良い石

田という男に、今行ったのは今東光かと聞いた。
彼はそうだと答えた」

今東光から怒鳴りつけられた次の日、彼はクビになる。職場の一人が、「田代が今東光に無礼を働いて怒らせた」と触れ廻ったのが上司の耳に入ったからだ。彼は正社員ではなく派遣販売員だった。

「後日、石田に電話をしたら、田代が辞めてから四、五日したら今東光が来て箪笥を買って行ったといった。そして一週間くらいしたら新聞に今東光が死んだと出ていた。田代は考えた。死んでいく人間がなぜ、その二週間前に洋服箪笥を買いに来たのか。女にねだられたのか？　それとも怒鳴ったお詫びに箪笥を買いに来たのか。それとも私のことを人づてに聞いてこのでき損ない、もっとしっかりしろということで怒鳴ったのか、それともこの無礼者、天下に有名な今東光の顔がわからないのか、と怒鳴ったのか？

田代には理解できなかった。いずれにせよ、田代は今東光がこの世で一番最後に怒鳴った人間に間違いない。

石田は『東光は死にそうになったからガンバコを買いに来たのだ』といった」

ここまで読んだ私は、何となく「納得《ナットク》」という気持になった。彼にもサトマギの血が流れているのではないか？　彼は今東光が怒鳴りたくなるような、客を客と思わぬような、愛想のない、生意気、投げやり、イヤな感じを与えてしまう顔つき、態度の持主ではないのか。本人は普通にしているつもりでも、「感じ悪いやつ」といわれてしまう人間がいるものだ。いきなりクビになったのは、常々「好かぬ奴」と思われていたからで、冷たくクビにしても、こいつならかまわん、という気にさせるオーラを放っていたのだろう。多分。

なぜそんなオーラが放たれるのかというと、彼に流れている佐藤の血が、世間の常識と融和出来ず、己れを保ちあぐねて自ら過激な自尊心を育ててしまう。彼にとっての「普通」は世間の「普通」ではないことを反省せず（気づかず）いや、反省はしてもどう改めることも出来ない性《さが》から発するオーラであることが私にはわかる。私もまたサトマギの一人であるから。

「Tデパートをクビになった田代は夕方、疲れきってトボトボと渋谷駅の方へ歩いていった。歩きながら俺は何でこんなについてないのだろう。これは干支《えと》のせいか？羊はおとなしく陰気で覇気がないなどと想い、明日から仕事を探さなければと想いながら、トボトボ歩いた。町の両側はネオンがともり大勢歩いていたが田代の目には入らずただ黙って下を向いて歩いて行った。

田代はクビになった理由がわからず頭の中は疲れとストレスで一杯になりパニックになっていた。田代はこの頭の中のストレスを酒を飲んで吹き飛ばそうと思って道の両側を見た。街は赤と青と黄色のネオンが輝いていたがへたに変な店に入ると目の玉が飛び出るような金額を取られるので疲れてしゃがみ込みたくなるのを我慢して、そのまま駅の方に歩いて行った。

ガードをくぐると、もう限界だと思って左側の安飲み屋が並んでいる道へ入り、二、三軒目の右側に入った。店はガランとしていた。

田代は入ると左手の奥に先客が四人ぐらいいるので、右のほうに入ってカウンターに座りビールを注文した。

彼は暗い顔をして考え込んでいた。

先客は何か声高に議論していた。私は（注・ここでそれまでの「田代」は急に「私」になっている）聞くとも聞かぬともつかずビールを飲んでいた。

心の中は虚ろで沈みこんでいた。明日からどうしようと思っていた。先客はかなり声高に話している。田代は疲れきり憔悴してビールを飲んでいた。すると田代の耳に佐藤紅緑という声が飛び込んできた。

田代は耳をそばだてた。何なんだろう。私の年代で佐藤紅緑の名前を知っている人は滅多にいない。文学青年かなと思う。そのうち佐藤八郎の名前が耳に飛び込んできた。

田代は時々チラッチラッと細い刺すような目で先客の方を見た。男三人と女一人のようだ。真中に女性がいる。あまりじっと見ていると失礼だと思いビールに目を落す。

話を聞きながらまたチラッチラッと見た。話の内容はあまりわからなかった。それよりも田代は明日からの自分の仕事の事で頭が一杯だった。ただ佐藤紅緑のことを延々としゃべっているので気になってしょうがなかった。

そのうち先客は立ち上り、男と女が先に店を出て行き一人が残ってレジで金を払っていた。

田代は伝票を取ってレジに向った。

その男が払い終った後で、田代はいった。

『失礼ですが今いらっしゃった方は佐藤紅緑さんのゆかりの方ですか?』

男は田代の方をチラッと鋭く見てものもいわずに店を出て行った。

田代はムッとして、何だ返事ぐらいすればよいのにと思ってレジで金を払った。

店の外に出たら四人づれはいなかった。田代の記憶では、彼が他の人にいった言葉で、『失礼ですが今いらっしゃった方は佐藤紅緑さんのゆかりの方ですか?』という言葉をいったのは彼の人生で一度しかなかった」

文章はそこで終っている。私は呆然となったままだった。全く「呆然」としかいいようがない気持だった。

私には真田与四男《さなだよしお》という異母兄がいる。与四男は真田いねという芸者に父紅緑が産ませた子供だが、私は子供の頃から漠然とその存在を知っていただけで顔は勿論のこと生い立ちも住所も知らなかった。しかしハチローをはじめ硬軟とりまぜた四人の不良息子に苦しめられている父母を見て育った私の中には、いつか「与四男」という見知らぬ異母兄への関心が強まっていき、四人の兄に失望するにつけてもそれは期待とも憧れともつかぬ感情に育っていったのだ。

私は「血脈」の中で、「はじめて与四男に出会った夜のこと」としてこう書いている。

「渋谷の駅から国電のガードをくぐって宮益坂に向うあたりを、ま横に流れる渋谷川に沿ってマッチ箱を並べたようにおでん屋や焼きとり、小料理屋の赤提灯などが道を挟んで向き合っている。十二月の声を聞いたがまるで春の宵のようにあたたかな風のない夜だった。その中の一軒の、おでんも出せばちょっとした料理も出す『とん平』

という店で、愛子は同人雑誌の仲間四、五人とカウンターに並んでいた。カウンターはU字型で中におでんの大鍋と一緒に女将がいる。向うに小上りがあって、小窓の向うは暗い渋谷川だった。

とん平はいつも演劇や文学関係の客で混んでいる。だがこの日だけはふしぎに空いていて、愛子たちのほかには、カウンターの向う側に男が一人で酒を飲んでいるだけだった」

そういう書き出しの後、話はやがてこうなっていく。

「(一同は) ガヤガヤと店を出た。雨が近いのかどんよりと生あたたかな暗い夜半になっていた。埒《らち》もないことをいい合いながら歩いて行くと、一足遅れて出て来た庄司が後ろから愛子を追って来た。

『おいおい、愛子さん、今出口のところで男が近づいて来てオレにいうんだよ。さっきいた女の人は佐藤紅緑にゆかりのある人ですかって。オレたちの話を聞いてやがったんだよ。いたろ？　カウンターの向うに陰気くさい奴が一人で酒飲んでたろう？

あの男だよ』

（中略）

カウンターの向う側にいた男の顔を愛子ははっきり憶えていた。憶えていたのは男が時々、細い刺すような目でこっちを見ていたからだった。みんなの傍若無人な態度が気に障っているのだろうかと愛子は気になっていたのだ。

陰気くさい奴、と庄司はいったが、陰気くさいというよりも、愛子は窺うような細い目の鋭さが気になった。その目は……そうだ節兄の目と同じだった。節と弥は洽六似の細い切長のやや目尻の上った目だ。八郎と久は母親似なのか垂れ目だが。

愛子は歩くのをやめて引き返そうとした。

あの人は真田与四男ではないのか？

引き返そうとする愛子を庄司が引き止めた。

『ほっときなさい、あんな奴』

先へ行っていた田辺が後もどりをして来て、

『行こう、行こう』

と愛子の背中を押した。仕方なく歩きながら露地を出外れる時、愛子はもう一度ふり返った。しかし夜更の道は暗く垂れた空の下に薄白く延びているだけだった。誰もいなかった」


その夜のことを私は何年経っても忘れなかった。ということはそれほど真田与四男への想いが強かったということだ。何年かして芥川賞候補になったことがきっかけで、私は真田与四男と会うことが出来た。その時私は長い間胸に抱えていたこと、あの冬の夜の「とん平」でのことを与四男に話した。

「心当りありません?」

と私がいうと、与四男は思い出そうとするように暫く黙っていた後で、

「『とん平』へはよく行ってたなあ」

といった。今思うと肯定も否定もしなかった。しかし「血脈」では私はこう書いている。

「『思い出したよ……』

与四男はいった。

『それ、ぼくだ。そうだ、紅緑って声が聞えたんだ……』」

しかし、「とん平の彼」は真田与四男ではなかったのだ。「田代希介」という、私が名前しか知らないイトコの孫だったのだ……。それにしても田代希介の細い目は私には「初めて見る目」ではなかった。それは鬱屈した時の節《たかし》兄や弥《わたる》兄の目だった。そしてそれはまた若い日の紅緑の目でもある。そうして何よりも私の注意を惹いたのはその目に宿っている不機嫌な、きかぬ気の鋭さだった。私が感知した彼から流れ出る不協和音は彼がまさしく佐藤一族の男だったから、だから私は彼を真田与四男その人だと思い込んだのだ。

「血脈」は書かれてしまった。活字になり単行本として売り出された。もうどうすることも出来ない。

「それ、ぼくだ。そうだ、紅緑って声が聞えたんだ……」

など、よくも書いたものだ。

小説家というものは、こんなふうに嘘を構築するものか、と田代希介は思ったにちがいない。「とん平」でのこの件《くだり》について何人かの読者から感想をいわれた。

「ほんとにドラマチックなんですねえ。与四男さんとの最初の出会いは……」

「ほんとに私もそう思うの。まるで作ったような話でしょう」

と私もいった。

それにしても、与四男兄はどうしてもっとはっきり「そんな覚えはない」といってくれなかったのだろう。あれほど私は熱を籠めて話したのだ。それに対して「とん平」へはよく行ってはいたけれど、そんな記憶はないなあと、なぜ疑問を口にしてくれなかったんだろう。私は少し怨《うら》みに思った。

しかし考えてみると真田与四男とはそういう人間だったのだ。彼もまたサトマギの一人だった。過ぎた日のことはどうでもよかったのだ。それが佐藤家の流儀だった。

過ぎたことにこだわらない。いちいちこだわっていると身が保《も》たないというような激しい日々を皆が送ったのだ。

私は田代希介に手紙を書いた。だがそれを投函することが出来なかったことは初めに書いた通りである。

田代希介。まさしく佐藤の血を分つ我がはらからだ。今東光に怒鳴られてあっさりクビになった。そのひとことだけで私は我がはらからだと信じる。その気持を私は彼に伝えたい。

どこでどうしているのか田代希介。あなたの折角の手紙の封筒を捨ててゴメン。懐かしさと謝罪と同情をもってせめてものこと、この一文を贈ります。

想像力の問題

ものごとはすべて改良進歩する。魔法瓶が電気のジャーポットになったように、紙芝居がテレビアニメになったように、「オレオレ詐欺」は「振りこめ詐欺」になった。

「オレだよ、オレ……」

と孫のふりをして年寄りに電話をし、泣き声で金の無心をするという素朴単純な詐欺が三年ほどの間に劇場型に幅を広げた。警察交通課、サラ金業者（ヤクザ風）、弁護士、それに事件を起したとされる当人など、役者の数を揃えて筋書きを作る。本番に備えてホン読み、稽古などがあるのだろうか。演技指導者がいて、

「ダメ、ダメ。それじゃあ弁護士になっちゃいねえよ。もっと知的な声が出せねえのか」

と歯がゆがったり、

「うん、お前の警官はイケてる。やっぱ、年中警官とやり合ってきただけあらあ。なにごともケイケンだなァ」

と感心したり、

「なんだ、なんだ、その泣きは……。ゴメンゴメンっていやいいってもんじゃねえよ、もっと真面目にやれ、このヤロー！」

と怒ったり。また企画担当がいて、

「交通事故ももう古いな。このへんで、なんかねえか。パーッとおもしれえやつ」

「どうだろ、痴漢てのは」

「うん、おもしれえな」

「しかし、女房ってのは、うちの亭主に限ってそんなことはしねえと思ってるやつが多いからなあ、信じるかい？」

「今の女房は違うだろ。男なんて外で何してるかわかったもんじゃねえと思ってるさ」

などと侃侃諤諤《かんかんがくがく》の議論の後、

「決定だ！　痴漢でいこう！」

総監督の決断でメンバーはいっせいにガタガタと椅子を鳴らして立ち上り、めいめいの持場へととんでいく——警察ドラマの見過ぎといわれるだろうけれど、ついこんな想像をしてしまうのが、長年の戯作者の習性なのである。面白がってはいけない時に面白がってしまう。

しかし昨夜、ラジオで被害総額二百五十億円というのを聞いて、私はヒェーッ！と驚いた。そして、

「みんな、お金持ってるんだなァ」

とつい、感心してしまった。私の家の者は、

「みんな、人が好いのねえ」

と感心したが。

身内が不始末をしでかした。それを救うのに何十万だか何百万だかの金が今すぐ必要だといわれても、そんな金がすぐに振込めるわけがないというのが、かつての日本の庶民の実情だった。月末払いというわけにはいかないから、即金が手に入る質草や古道具屋に売れる物を考え、また金を貸してくれそうな親戚を探すが、そんな金持ちの、しかも親切で人の好い親戚などいるわけがない。仕方なく相手に向って泣き落しで懇願する。

「すみません。家中のお金かき集めても、三万二千三百五十円しかないんです。このお金を渡してしまっては、明日、下の子供の学校へ持たせてやる給食費がなくなるんです。この子はただでさえデキが悪くて苛《いじ》められっ子なんです。先生からも冷たくされてるんです……」

懇願はやがて愚痴になり、哀訴となる。

「こんなこといえた義理ではないかもしれませんけど、必ずお返ししますから、そちらさんで立て替えていただくわけにはいきませんでしょうか。お願いします……お願いします……」

相手は閉口して怒るか、罵《ののし》るか。行きがかり上、とにかく本人を出しますとニセ本人を出す。

「お母さーん、ごめん……ごめんなさーい……」

ニセ本人はすすり泣く。おッ母さんの方もそれに誘われて号泣。

「なんてことしてくれたのよ、あんた、×太郎……どうしたらいいの、ああ、どうしよう！　どうしよう……母さんは死にます、死んでお詫びするゥ……」

ニセ本人は進退窮まって、泣くのをやめて電話を切ってしまう——。

あるいは昔はこういう母親もいた。

「なんやて？　交通違反して事故を起したァ？　示談金を払えてかいな。そんなもん、払いまへん。うちの子がしたことは、本人が責任とったらええのんや。それがわたしとこの家風でんねん。なに、交通刑務所？　行ったらええがな。どうぞそこへ入れておくなはれ。性根叩き直してもらいなはれ。アホンダラ。泣いてどないするねん。泣いたら何とかなると思てるのかいな、アホ。わたいを何やと思てるねん！　そんなもん、金が余ってても払いまへん。誰が払うかい！」

振りこめ詐欺が成り立つのは、八割が中流という日本の豊かさに原因があるだろう。朝日新聞によると「『子供の不祥事を表沙汰にしたくない』との親心のためである」ということだが、この「親心」というものもやはり、豊かさによって育った「親心」であって、貧乏日本時代の「親心」とはおのずから質が違うのである。

高度経済成長を経て、日本人は金銭に対して鷹揚《おうよう》になった。「金ですむことなら」と思いたくても思えない苦しい生活では、必然的に子供（身内）に対して厳しくならざるを得なかった。また昔は不祥事を「金で解決する」ことへの潔癖性があった。不祥事を起した当人に不始末を償《つぐな》わせるのが人としての「本道」だった。金で不始末を片づけてもらうのは「カネモチのボンクラ、ノラ息子」とさげすまれたのだ。

日本人は物質的豊かさを得るに従って、何ごとにも甘くなった。疑うことをしないお人好しになったといえるかもしれない。かつて国会議員団が訪朝して、「拉致などない」といいようにあしらわれて、信じて帰ってきたことを見てもそういうことがいえよう。

そういう佐藤さん、あなたなら騙されたことなどないでしょうね、と正面切って訊かれると、私は「ム、ム、ム」となる。実をいうと騙されたことは数知れず、借金王の名をほしいままにした（？）かつての夫はいうに及ばず、大モノ小モノの騙し屋に散々やられているのだ。向うは騙しにかかっているわけではないのに、勝手に騙されたことも幾たびか。

もう少し用心深く生きることを心がけていれば、今は億万長者になっていたかもしれないが、よく考えてみると騙されて大損を被《かぶ》るものだから、必然的に働き蜂となってブンブン稼いだ。そうして騙され、稼ぎを吐き出した。騙されなければただの怠け者の欲なし、とてもブンブン稼ぎなどしなかったであろうから、いくら用心深く生きても億万長者にはならないのである。

三年ばかり前の春先のことである。

つれづれなるままに居間で庭を眺めていると、庭隅の書庫の屋根のペンキが剝げているのが目に止った。折しも届いた郵便物の中に「ペンキ塗替」のチラシがあり、タイミングよく電話をかけた。翌日、社長なる三つ揃えにピカピカ靴を履いた男が部下を従えてやって来た。書庫の屋根を見てすぐに見積り金額を出す。ついでに二階のバルコニーを支えている三本の柱の塗替を勧められ、高いか安いかはわからないが、とにかくついでだからと思って頼んだ。

三日後に職人が二人来た。一人は二十歳前の若者でもう一人は老人である。若者はどこにでもいる普通の男だったが、老人の方が普通ではなかった。スゴかった。ペンキ職人であるからズボンやシャツが汚れているのは当然として、そのご面相が「ただ者ではない」というものだった。一口にいって「怖ろしい」顔なのである。背は一八〇はあると思えるノッポで猫背、背丈にふさわしい面長の顔は若い頃の想像がつかないくらいに皺が集って、しかもその皺の一本一本の深くて黒いこと、まるで下手な役者が老爺らしくなろうとして墨で描きまくったよう。その黒い皺には彼の辛酸がしみこんでいるようで、眼光はいやに鋭く、尖《とが》った耳がつっ立っている。誰もが一目見て「ムショ帰り」ではないかと警戒するだろうというご面相だった。

しかし私は全く警戒しなかった。警戒するどころか、彼の「その顔になるまでの人生」への想いがざーっときて、同情というか、憐憫というか、親切にしてあげたいという気持になったのだった。

見ていると彼は犬好きらしい。我が家にはハナという、門前に捨てられていたので仕方なく飼っているメス犬がいるが、実をいうと私はハナをあまり可愛がっていない。庭に穴を掘る、楽しみに植えたクロッカスの球根をメチャメチャにする。食べ物を与えるとクンクンと臭いを嗅いで、フン！　という顔で横を向く、それでいて人がいなくなると食べるという根性ワル。ボール投げをして遊んでやろうとしても、ボールをくわえたままどこかへ行ってしまう。そして向うの方でキュッキュッ。

「ここまでおいで

甘酒しんじょ」

というふうにボールを嚙んでいる。ボールは嚙むと鳴るのだ。

「可愛いじゃないの、あなたとあそんでるつもりなのよ」

と人はいうが、私はいまいましくて邪慳にする。長屋の大家のじいさんが悪戯小僧を目の仇にするようなものだ。

そのハナをペンキ屋のじいさんは相好《そうごう》を崩して可愛がるのである。ハナもまたじいさんが来るととんできて、じゃれついて離れない。

「ああこの人、顔つきは悪いけど、ホントは心優しいいい人なんだ。寂しい人なんだ……」

犬を可愛がる人に悪い人はいないというもの。あの人相ゆえに人に相手にされなくて、仕方なく犬好きになったのかもしれない。ハナとじいさんの睦《むつ》みようは私の胸を打つ。実をいうと私はハナを邪慳にしている自分、その冷酷さに気が咎《とが》めていたのである。

ご承知のようにペンキ塗装というものは、まず下塗をしてそれが乾いてから上塗をするので、下が乾くまで何時間か待たなければならない。三時になると私はうどんを作って出すようにお手伝いにいいつけた。でも、さっき来たばかりなんですよ、まだ一時間も経ってません、とお手伝いはいう。じいさんは近所にもう一軒、仕事をしている家があって、そこと私の家とを行ったり来たりしているのだ。けれど、かまわない、三時なんだから出してあげなさい、と私はいった。

四日目。その日はお手伝いの休みの日で、私はちょっとした用事で外出した。丁度その日から植木屋が四人ばかり入っていて、庭木の手入をしている。じいさんはテラスに腰をかけてハナと遊んでいた。植木屋はもう二十年以上も出入りしていて親類のような間柄である。門のくぐり戸と表玄関には鍵をかけたが、内玄関と庭に面したガラス戸はそのままにして出た。

一時間ばかりして帰って来ると、何ごともなかったように植木屋の鋏の音が聞え、じいさんはもう一軒の仕事先へ行ったのか、姿がなかった。夕方、植木屋が帰った後、新聞の集金人が来たので、居間の棚に置いた手提箱から財布を取って開いた。なんと、中は空っぽ！　ある筈の小銭と一万円札六枚がきれいになくなっていた。

「ムショ帰り面」はやはり警戒すべきツラだったのだ。しかし私はそのツラゆえに却って優しい気持を持ってしまった。優しくしなければならないと思って優しくしたのではない。その顔を見て優しい気持になってしまったのだ。それは多分、私の余計な想像力のためである。

私は霊能者の江原啓之さんに電話をかけた。委細の説明を半分も聞かないうちに、江原さんは、

「犯人はそのペンキ屋です」

と断言した。

「背の高い……面長の老人ですね。猫背じゃありませんか？　日焼けして深い皺が何本も刻まれてますね」

「はあ、はあ、その通り、その通りです！」

「この人は内玄関から入って来てます。靴を脱いで台所へ入って来て……冷蔵庫を

開けて、何かつまんで食べています。それから居間の方へ来て、棚の上の手提箱に財布を見つけ……開いて、ポケットにお札《さつ》をねじ込んで……そそくさと出て行きました。……出て行く時に、『お邪魔しました』といってます……」

さぞかし、腹を立てたことでしょうな、と読者諸君はいわれるだろうが、それよりもまず私は江原さんの霊視力の正確さにただただびっくりしていた。そしてその驚きが去ると、三日つづけて出してやったきつねうどんのこと（お揚げだけでなくカマボコ入り）がジワーッと頭に浮かんできた。そうだ、三日目のことだ。彼は、彼と負けず劣らずの汚いなりをしたチビのジジイを連れて来た。チビで丸顔のシワシワの無精ヒゲ。見るからに「ムショ仲間」といった感じだった。丁度三時でお手伝いはうどんを作っているところだった。あのおじいさんにも出すんですか、と不服そうに訊く。察するにこのチビ丸ジジイが腹を空かせているので、ここへ来ればうどんが食えるといって連れて来たのだろう。そう思うと哀れを感じて、出してあげなさいと私はいったのだった。

ノッポとチビ。長いのと丸いの。それがテラスで肩を寄せ合ってうどんを食べている。それはまさに人生の悲哀を語る一幅の絵画のようで、私はしみじみとその後姿を見守り、どうかこの二人によいことがありますようにと胸に呟いたのだ――コンチクショウ!!

だいたい、郵便受けに入ってるチラシを見ただけで、仕事を頼むなんてバカよ。と私は何人もの友人から説教された。

「善意や好意が人の心に通じるとまさか思ってるんじゃないでしょうね。愛子さん。そんなことゼッタイ、今はないのよ。あり得ないのよ。ただ甘く見られるだけ。つけ込まれるだけ。ワルはますますワルくなるだけ。あなたって人はお人好しというよりも、人生をナメてるのよ。だからいろんな目に遭うんだわ」

だまれ、だまれ、だまれ!

善意とか好意とか、通じるとか、通じないとか、損したとかしないとかそんな次元の話ではないのだ。私はあの面相に胸うたれた――。核心はそれだけなのである。

じいさんがいなくなった翌日、若者が来て仕事は完了しましたといった。数日後、「三つ揃え」が集金に来た。私は居間の金がなくなったことをいってみたが、三つ揃えはあの老人はそんなことをする人間ではないと答えただけだった。私は黙って金を払った。

ハナはじいさんが忘れて行ったペンキだらけの軍手を今日も所在なさそうに噛んでいる。それを見ると可哀そうなような、腹立たしいような何ともいえない気持になる。ああ人生はむつかしい。

想像力がなくても騙されるし、想像力があり過ぎても騙される。これは私の切実な訓話である。

毒笑い

趣味は何ですかとよく訊かれるが、その度に私は口籠ってしまう。これこれですといえるような趣味といっては特別にないのである。先日、書庫を整理しつつ、三十年ほど前に出版された雑文集を拾い読みしていたら、「噂」という雑誌の「現代作家迷鑑」という欄に「佐藤愛子の項」があり、そこに、

「趣味特技——毒舌」

と書かれていた。それを私は雑文の中で面白がって取り上げている。

「趣味」の次の項目は「艶聞」で、

「艶聞——遠藤周作?」

とあったらしい。

「ご丁寧に?がつけてあるが、同じ出すならもう少し何とか、せめて田宮二郎あたりの名を書いてほしかった」

と私はふざけている。ついでに書くとつづいて、

「財布――借金完済」

「職業案内――会社再建人」

とあり、この書き手はなかなかの才気の持主だと思う。「趣味、毒舌」とはうまいものだ。自分の趣味をひとから教えられた思いがしたが、しかしよく考えてみると、毒舌は今や趣味なんてものではなく、私の「性《さが》」そして「生きていく力」であることに気がついた。これを抑えよといわれたら、私は病人になってしまうだろう。生きていく力を失い、死んでしまうかもしれない。

その頃遠藤周作と二人で面白半分に大道易者に運勢を見てもらったことがあった。初老の易者だったが、高名な遠藤周作と知ってか知らずか、

「あなたは何をやってもうまくいく人です。何の心配もいりません」

と褒めそやし、それから私の易を立て手相を見ていった。

「あなたはねえ……どうもねえ……いう必要のないことをいわずにはいられない性質ですな、この性質を直さぬことには何ごともうまくいきません。不幸のもとはこの性

質です」

その時遠藤さんがふざけていった。

「ぼくら恋仲なんですが、結婚してもうまくいきますか?」

すると易者はいった。

「そうねえ。それもこれもみな、この人の心がけひとつだねえ……」

遠藤さんは大喜びして、ほんまにあの易者は名易者やなあ、いわれたこと、よう覚えとけよ、と何かにつけていったものだった。しかし易者にいわれるまでもなく、そんなことは私には百も承知だ。

「かくすればかくなるものと知りながら
やむにやまれぬ大和魂」

と吉田松陰は詠んだが、

「かくすればかくなるものと知りながら
やむにやまれぬ佐藤魂」

と私は詠じたい。

左様。毒舌は趣味なんぞではない。佐藤魂なのである。それは遺伝子に家風習性が加わって歳月をかけて醸成されたものなのだ。佐藤一族のすべてにそなわっている性癖というか、明瞭正確を好み過激で斟酌《しんしゃく》無用、手前勝手な情熱の迸り《ほとばし》――それが世間では毒舌ということになるのだ。私にとっては「本当のこと」「真実」なのだが、人はそうは思わない。いや、たとえ本当のことであっても、多分本当のことは軽々にいってはならぬものなのだ。それが常識、教養ある人のたしなみというものなのだ。

我が佐藤魂に於てはそのたしなみが欠落している。そんなものは育たない、育ちようのない性《さが》を抱え、そのため世間サマに迷惑をかけ顰蹙《ひんしゅく》され、それだけでなく親子兄妹、互いに迷惑をかけ合い顰蹙し合い、怒り合い罵り合い、しかし「お互いさま」であることは各自わかっているから、喧嘩しながらも許し合いそれなりに助け合いつつ、滅びの道を辿ってきたのだ。

その悲劇であり喜劇である佐藤魂を私は「血脈」と題する小説に記した。

「よくまあご一家の恥を、あすこまで晒《さら》しましたね。それに私は感心しました」

と文学志望の読者が電話してきたが、

「私はべつに恥とは思っていません！」

語気も鋭く私は答えた。「感心した」といっているのに怒るとは心ない仕うちかもしれないが、「恥とか恥をそそぐとか、私はそういう次元でものを書いているのではないッ！」という気持だったのだ。私は佐藤魂の真実に迫りたかっただけである。だから、

「つまらん感心のし方をするな！」

といいたかったのだ。しかし、それは私の方がいけない。人が理解しないからといって、そんなところで腹を立ててはいけない。他人の理解などないのが当り前だ。賢者はみな、そう考えて生きてきたのだ――。読者がわざわざ電話をくれたことに感謝をせよ、感謝を。

と、実をいうと何もかもわかっている私なのである。だが「わかっている」ことと「感情」とは別なのだ。「わかっちゃいるけどやめられない」のが佐藤魂なのである。

その悲喜劇を書いた「血脈」がこの一月から「NHK月曜ドラマシリーズ」でドラマ化され放映されている。何といってもNHKの威力（？）はすごい。知人友人はい

うに及ばず、出入りの商人、見知らぬ読者、行きずりの人まで声をかけてくる。

「始まりましたね」

「楽しみに見てます」

中には「おめでとうございます」という人までいて、何がめでたいのかと訊きたいと思いつつ不得要領にニヤニヤして、

「はァ」

と答え、こういう場合は「ありがとうございます」というべきなのだろうか？　と考える。すごいなあ、ＮＨＫは。こんなに沢山の人が見ているのだ。この分では受信料不払いの人も、不払いのまま見ているにちがいないと改めて感心するほどだ。

ところで小説がドラマ化される場合、原作者は全くの第三者、よそ者になる。いや、される。脚本、俳優選び、何もかも口出し出来ない（大作家となれば別だろうが）。一応は脚色に対して「キタンのないご批評を」といってくるが、それは社交辞令であるからして信じてはいけない（私はそれを信じて、一所懸命に脚本を読み、数々の「キタンない意見」を一心不乱に述べたが、何の挨拶もなくことごとく黙殺された）。

そこで沈黙することにしたが、私にとって「いいたいことをいえない」苦しみは筆舌に尽し難いものである。その筆舌に尽し難い思いを、これも修行と一心に怺《こら》えていたのだが、そのうち、ドラマの進行につれて色んな人から色んな質問がくるようになった。一番多いのが、

「あのアインという人は何なんですか?」

という質問である。

「何なんですかといわれてもねえ……」

と私は困惑する。私だって制作者に、

「アインて何なんですか?」

と訊きたいのだ。原作のどこにもない、噂にも出てこない男が最初から出ていて、主役のサトウハチローに次ぐ準主役ともいうべき役どころになっている。このアインを演《や》っている俳優がいかなこと顔が大きく肉厚で、熱演型なのである。ハチローの生母が死んだ場面では彼は赤鬼さながら大号泣している。その様を見て、私は呆気にとられた。改めて脚本を見るとアインは浅草の「関東大村一家」とやらに所属している

若い者で、ハチローの親友らしい。アインというのは通称でアインシュタインの略だということらしいが、しかしアインシュタインとどう関連しているのかはわからない。

二回目を見ただけでその後、私は見るのをやめた。もはや修行する意志も力も失ったのである。しかし世間では原作者が自作のドラマを見ないでいるとは思わないらしく、しょっちゅう電話がかかってきては質問される。

「あの女剣戟《けんげき》の座長という女は、ありゃ何ですか？」

と訊かれる。

「女剣戟？」

私はびっくりするだけだ。

「何なんですか？　それは？」

と訊く。

「ですからね、あの人は何かと訊いているんですよ」

「ですからね、私にはわかりませんよ」

「わからない？　それってどういうことですか」

「どうもこうもない。勝手に作ったんでしょうよ、ＮＨＫが」

「へええ、そんなことってあるんですか？」

「あるんですよッ！」

つい怒気が籠ったものだから、相手は、

「すみません」

といって早々に電話を切った。悪いことをしたと思う。

ある日、私は意を決してＮＨＫから送られてきているが敬遠していたビデオを見ることにした。一人では心細い（原作者の微妙な心理なり）ので、友人を誘った。

前三回は見てるから、見るのなら四回目から見てよ、と友人がいうので四回目をセットしたが、まさに「息を呑む」とはこのことだ。突如、女剣戟の女座長の眥《まなじり》決したドアップが出現したのだ。

「おらァ、こうして上下の瞼《まぶた》を合せ、じっと考えてりゃあ、逢わねえ昔のおっかさんの俤が出てくるんだ……」

そしてカッと眼を開くと、後ろに三人の悪ヤクザ。

「てめえ、番場の忠太郎ッ、覚悟しろぃッ」

男たちと女座長とのやりとりあって、

「ターッ！」

女座長は気合と共に一瞬の早業で一人を斬り倒す。クルリと廻って後の二人を倒し、チャリンと音を立てて刀を鞘《さや》に納める。

客の声「ダイトウリョウ！」

いやはや、いやはやというほかない。女剣戟を演じているのは大スター小川眞由美で、この人は常に乾坤一擲という趣の熱演をするので、かねてより関心を抱いていた女優さんである。しかし、なぜ、ハチローの話に女剣戟が出てくるのかわからない。わからないものだから、その乾坤一擲がむやみに目立つのである。

「あれは紅緑のお妾の一人なんやないやろか？」

と友人。

「そうやろか？」

と私。

「原作者が『そうやろか』はないでしょう」

と友人は笑うよりも怒り顔になっている。そのうち、アインは浅草観音様に捨てられていた赤ン坊で、それを拾ったのが女座長。そうして紅緑と重太郎親分と女座長の三人で育てたということがわかってくる。なぜ育てたかというと「罪ほろぼし」で育てたというだけで、何の罪ほろぼしか、仔細は不明である。

それからまた突如アインは戦争に行くことになる。

「お国のために命を差出すなんて偉えじゃねえか。だからおれは裏から手をまわしてアインが入隊出来るようにしてやったんだ」

と重太郎親分がいっている。なぜアインがお国のために命を捨てる気になったのかはわからない。つまりアインとはそういう熱血漢だということなのか。

場面が変ると出征祝いの幟が立ち、陸軍歩兵二等兵の軍服を着たアインが大勢の祝いを受けている。重太郎親分が、

「日本男子の本懐は断固として敵を倒し、力尽きれば臆することなく、国に殉ずる覚悟ができていることであります」

と挨拶している。

「これって、いったいいつのこと?」

と友人がいう。

「いつの戦争やろ?」

と私。年代を考えると、どうしたってこれは満州事変のことだろう。満州事変といえば昭和六年。「わたしら小学校二年頃やわ」と友人がいう。

「あの頃、こんな派手な出征見送りなんか見たことなかったよねえ。お国のために身を捨てる、なんていうたのは、大東亜戦争になってからのことやなかった?」

うん、そうだった。満州事変は「事変」であって「戦争」ではない。いわば小ぜり合いだったから、満州で戦ったのは主に現地にいた関東軍であって内地の徴兵ではなかった筈だ。第一、「裏から手をまわして」入隊出来るように工作したなんて、日本の軍隊の仕組から考えてもあり得ない話ではないのか?

私と友人は遠い記憶をまさぐって、あの頃はこうだった、ああだった、あれはおかしい、これはありえないなどと論じ合っている折しも、画面では、

「雪の進軍　氷をふんで
どれが河やら　道さえ知れず」
と割れんばかりの歓送大合唱が起っているのであった。

それにしても俳優とはなんてたいへんな仕事だろう。つくづくエライものだと感心する。私のような人間は悲しくもないのに泣いたり、笑いたくもないのに大笑いしたりすることは不可能である。泣かねば百叩きの刑に処するぞといわれても、悲しくもないのに泣くことは出来ないから、百叩きされるよりしようがないのだ（そしてその痛さで初めて泣く）。そんな私から見ると、それだけでも俳優さんはエライと感心してしまう。

「こんな妙な台詞、いえません」

ともいわず、わけのわからぬ構成に黙って従い、わからぬままに乾坤一擲の熱演をする。特にこのドラマでは出演者一同の熱演が目立った。小川眞由美座長、丹古母鬼《たんこぼき》馬二《ばじ》親分、今井雅之アイン。そうして唐沢寿明のハチローは名演技とはいえないかもしれないが、とにもかくにも一所懸命の大熱演だった。佐藤魂のカケラも持ち合せのない真面目男（多分）が、その魂に迫ろうとして奮闘している様に私は胸打たれずにはいられなかったのである。たいへんでしたねえ、ご苦労さんでしたねえ、お察しします……といいたい気持でいっぱいになるのである。

折しも第五回目のビデオが、アインが親分に怒られている場面を流している。どうやらアインは戦場で怪我をして帰って来たらしい。

「おれはお前がお国のために一命を捧げたいというから、軍に手を廻して特別に入隊させてもらった……」

（――だから、そんなことはあり得ないといってるのにィ、と私）

「それに死にに行くてえから葬式のつもりで特別盛大な出征祝いをやって御祝儀もいただいた。それが出たと思ったらロクに負傷もしねえで戻ってきやがった……」

親分は「お前は自分から死にてえといったんだから死んでみろ」といって短刀をさし出す。アインは「へいッ」と短刀を胸に当てるが突くことが出来ない。親分は怒って、

「お前を男にしてやる！」

と短刀を奪ってアインに向って構えたなんとその時、その短刀は空を飛び、一瞬、親分は頬を斬られている。そこに立っているのは刀を片手に股旅姿の女座長（「そんな、バカな」と友達）。

女座長颯爽と、「重太郎。てめえ、子殺しの罪は重いぞ！」

途端に私は爆笑した。その爆笑には口惜し笑い、怒り笑い、ヤケクソ笑いも混っている。だがその間も熱演の二人は、
親分「女のくせに調子にのりやがって。ついでにてめえも殺してやる」

女座長「そうかい。願ってもねえこった」

互いに身構え、

「覚悟しろ」

「重太郎め」

すれ違いながら戦う。

「ターッ」

「トーッ」

の掛声。

私は笑いが止らない。二人の熱演に口惜し笑い、ヤケクソ笑いはいつか消えて、お腹を抱えての面白笑いになったのは役者の力というものだろう。

「なんやの、これ。いったい、なんで出てくるの、この人たち！」

と友達は殆ど怒っているが、「なんで？」も「なんやの？」もヘチマもない。まことにユーモアというものは、真面目、真剣の中にこそあるものだ。そう思うと、

「なんやの、これは！　いったい、人を何やと思てるの！」

と目を三角にしている友達までがおかしくなってくるのである。

ひと頃、私は原作をドラマ化するということは、娘を嫁にやるようなものだと思いますから、先さまの家風にお任せします、などとわけ知り顔にいっていたが、婚家先の家風にもいろいろあって、つい蔭口を叩きたくなることがあることがだんだんにわかってきた。「血脈」は嫁入先の家風によってまるで違う娘になった。

親がたとえ不行跡をしなくてもグレる奴はグレる、それが私の「血脈」なのだが、

ここでは親の勝手不行跡が子供を不良にしますという今はやりの子育て論の見本になっている。ＮＨＫのこの家風にこの私には何の責任もない筈だ。だが何も知らない人たちから、恰《あたか》も責任あるもののごとくあれこれ疑問質問詰問を受けると、私は面白くない。しかし中には「面白いですねえ。楽しみに見てます」という人も少なくなく、そういわれると、それはそれでムッとしてしまうのである。

いやはや困ったものだ。私が悪いか、ＮＨＫが悪いか？

第2章

この道は誰もが通る道

春の旅

孫の桃子が中学の一年を終えて春休みに入ったので、それではひとつ、奈良京都へ連れて行ってやろうと思いついた。

学校で習った知識は具体的な裏付があった方がいい。かつて教科書の中のことは試験がすむとみな消えてしまった私である。どうやら孫もその血を引いているらしい。忘れてしまわないうちに実地見分によって歴史を染み込ませておいてやりたい。そう考えて京都二泊奈良二泊の旅を計画した。

折しも季節は花粉症の春である。今年は去年の三十倍もの量の花粉が飛ぶと新聞などが騒いでいたので、外出もせず郵便受けに新聞を取りに出るにもマスクをするというほど用心していたが、ある日突然、

「エイッ！　クソッ！」

という気になったのだ。こんな因循姑息な暮し方をしていると人間がダメになる。

戦いは攻撃をもって臨むべきだと決断したのである。

そこで三月末日、娘と孫の三人で東京を出発した。昼過ぎ、無事京都に着く。桜の蕾《つぼみ》はまだ固い。寒いと花粉症は鎮まっているので、元気イッパイ、ホテルに荷を解くとすぐに龍安寺へ向った。バスに乗る。こういう旅はタクシーを使っては意味がない。トコトコとのんびり行くことが大切なのである。今はすべて合理的で便利を可《よし》とする風潮があるが、その風潮によっていかに日本人は軽薄になりつつあるか、心すべきである。と孫にいい聞かす。孫はただ「うん」という。

花にはまだ早いが、学校が休みになったせいか、龍安寺の人出は相当なものだった。思えば五十年余りも前のことになる。私はたった一人でここへ来て、誰もいないこの寺の縁に坐っていつまでも石庭を眺めていたものだ。私は二十六か七くらいで、「先ゆき暗い」という身の上だった。日本の敗戦後の復興がどうにか形になってきた頃だが、その頃はどこへ行っても観光の人影は少なく、古刹《こさつ》はいずこも寂寞《せきばく》の気に満ちていたから、遠慮気兼なく心ゆくまで沈思することが出来たのだった。

といってもその時の私の沈思の中身といえば、独り旅の寂しい懐具合。今夜の宿はどうしよう。夕食は何を食べようか、アリ金はナンボ？　というようなものだった。その頃龍安寺では拝観者に抹茶を勧めるならわしがあって、痩せた女がむやみに抹茶を飲めと勧める。

「お薄《うす》、一服、どうどす？　お饅頭もついてますけど」

としつこい。ほかに人がいないものだから、私に集中してくるのだ。お薄と饅頭で値段はいくらだったのか、存外高かったような気がするが、高いか安いかは人各々の懐具合によるものだろう。多分その頃は龍安寺も勝手元が心細かったのだろう。拝観料だけでは台所が苦しいので、「お薄どうどす？」の手を考え出したのではなかったか。

しかし今は「お薄」など出したくても出せない混雑である。沈思する場所もない。ゾロゾロゾロゾロ、人が行き交う。縁に十姉妹《じゅうしまつ》のように並んで動かない若者たち。埃が立つ。ハ、ハ、ハークション！　クション、クション。鎮まっていた花粉症が出てきた。枯山水の石庭の白砂、大小十五の石を七五三に配しただけ、このたたずまいの簡素さ、哲学的やな、何ともいえんわねえ、という声。ハ、ハークション！　ズルズルズル、チーン、なにが哲学的やな、だ。洟《はな》をかむ。

金閣寺へ行った時はマスクの中で鼻はむれ、メガネは曇り、瞼《まぶた》は腫れ上って視野は常の半分という有さまになっていた。そして人、人、人。その人たち皆が一斉に携帯電話を摑んだ手を前につき出している。なにをしてるのか、と娘に訊くと、写真を撮ってるのだという。その人たちの頭と手の向う、涙に金閣寺がぼやけて見える。涙を拭き拭き孫に質問した。

「金閣は誰が建てましたか？」

「足利義満」

「よろしい。では義満について説明せよ」

「義満は……えーと、義満は……金閣を建てた人で」

「それは今、いった」

「えーと、義満は室町幕府の全盛期を築いた……」

「それから？」

「それから……えーと……」

エイ、まだるっこいな。

「つまりこうでしょ。金閣というのはこれは義満の隠居所でしょ。隠居所にこんなピカピカを建てるなんてそんな権力をいかにして手にしたか、それが問題です。まず南北朝の内乱を統一して朝廷の力を弱めたことで権力を持った。その権力によって造った金閣に名僧やら芸能人を集め、そこから北山文化が開花した。それからまた元寇以来絶えていた明との国交を再開し、明から『日本国王』と呼ばれたのを訂正せずに国王気どりでいたとか……こういうのを成り上り趣味という。あの金ピカ、あんなものを隠居所にしたのを見てもわかるじゃないか。ま、力と知恵はあったんだろうけど、権力を持ったからといって急に威張るのは人間性が粗末な証拠……ハ、ハ、ハ……」

後はクシャミに消えた。だが、孫は黙って何もいわない。

「どう思う？　そう思わない？」

孫、「そう思う」

「ホンマに思てるのかいな、頼りないなァ」

孫、無言。無表情。

「これは大切なことだからよく憶えておきなさい。金と権力を手にしたからといって、いい気になってはいけない。だいたいね、『この世をばわが世とぞ思う望月のかけたることもなしと思えば』なんてね、いい気なもんだよ……」

といえば孫、ボソリといった。

「それはちがうでしょ」

「ちがう？　なにが」

「藤原道長でしょ、その歌を詠んだのは」

「あっ、そうか、そうそう、そうだったね。これはおばあちゃんとしたことが、イッポンとられた、アハハハ」

笑ってごま化したが、孫は笑いもしない。なぜ笑わない！　こういう時には鬼の首でも取ったように大笑いして喜ぶのが中学生というものではないのか！

――この孫はいったい……どうなっているのか！

旅の間中、しばしば私はそう思った。かつて「新人類」という新語が生れ、それは既成の常識を無視し感性だけで行動する若者たちのことだった。それからその後「宇宙人」という新語が出てきた。これは新人類よりも更に理解を越える、本能と感性だけで生きる連中のことのようだった。「得体が知れない」感じを「宇宙人」という言葉に托したものであろう。

物質文明の爛熟はこうして次々に新しい人間を造ってきたのだが、ここに到って本能や感性さえもあるのかないのかわからん、という手合が登場してきたのだろうか。何を見ても無表情、悲しいのか楽しいのか辛いのか怒っているのか、さっぱりわからない。いうならば棒グイ人間とでもいいたいような、それが我が孫なのか！

孫は常に泰然自若としている。その様子はよくいえば名僧のようで、悪くいえば木彫の像だ。何を食べてもうまそうな顔をしたことがない。「おいしい？」と訊くと「うん」という。「おいしくないねえ」というと「ううん」という。好き嫌いなく何でも食べる。黙々と。勧めればいくらでも食う。うまいのならもっと満足そうな声で「うーん、おいしーィ」と声をはり上げてもらいたい。

孫はノッポである。私より四、五センチは高い。そしてジーンズの脚がむやみに長い。それが面白くもないといった顔でノコラノコラとついてくるのを見ると、私は不愉快を通り越して、心配になってくる。

旅の途中、私は足が痛くなったので、孫のスニーカーと取り替えっこした。私の靴は中ヒールのショートブーツである。旅行に出るのにそんな靴を履いてくるなんて、と娘は文句をいったが、孫は何もいわずに取り替えてくれた。初めてスニーカーというものを履いた私はあまりの軽さ、歩き易さに感激して、

「ワーイ、ワーイ」

と走ってみせたりしているのだが、孫は履き馴れないブーツを引きずって歩きにくそうに歩きながら、何もいわない。

「どう？　歩きにくい？」

と訊くと、

「べつに」

という。

「足、痛くない？」

「べつに」だ。

なんとかいったらどうなんだ。愚痴をこぼすとか、音《ね》を上げるとか。

「どうしてこんな子になったんだろう？」

といわずにはいられない。孫に痛い靴を履かせておいて、文句をいわないからといって、「どうしてこんな子になった」とは、あんまりじゃないかといわれるだろうが（自分でもそう思うが）。我慢強いのか、感じないのか、どっちだろうと娘に訊く。

「メンドくさいんじゃないの」と娘はいう。

「いってもしょうがないと思ってる？」

「そうかもね」

「しょうがないと思ってても、いわずにいられないことがあるでしょうが。痛いとかつらいとか……そっちの靴、返してよとか……」

「我々とはだいぶ違うのよ。いつもシラけてるのよ。運動会のかけっこでもシラけて走ってる。ビリになっても平気なの」

「口惜しいも恥かしいもない？　困ったもんねえ」

「でもね、お寺や神社で石段上ったり下ったりする時、必ず『おばあちゃん、吊ろうか』って脇を支えに行ってたでしょ。気がつくことはつくのよ」

とさすがに娘はヨイところを見ようと努力している。これぞ親心というべきだろう。だが「吊ろうか」とは何だ、釣り鐘じゃあるまいし、と私は文句をいいたかったのだけれどもノッポが腕を取ると、釣り鐘になるのはやむを得ないかもしれない、と思い直し、

「しかしまあ、あんなふうでは、へんなオトコは寄りつかないだろうから、その点心配はないけど」

と私もヨイところを見ようとしたのだった。

そうして旅は終りに近づいた。我々は奈良から京都駅へ出て新幹線に乗る。

「愈々《いよいよ》、旅も終りですな。ま、何ごともなくてよござんした」

「あたし達の旅にしては変事がなくてよかったわね。ありがとうございました」

と挨拶をし合う。二人とも上機嫌だった。四列ある改札口の真中《まんなか》の二か所に娘と私はそれぞれの切符を入れ、足どりも軽く進んでいった。と、その鼻先でガチャン！　開きかけた仕切りがいきなり通せんぼうをしたではないか。

「何なんだ！」と私。

「どうなってるの！」と娘。異口同音にいって二人一緒に立往生してしまったのだ。ふり返ると孫は向うでボーッと見ている。娘は怒り顔になって駅員のいる窓口へ走った。私も同じ顔でつづく。若い女駅員が渡された切符をチラッと見て、素気《そっけ》なくいった。

「日付がちがってます……」

「えーッ！」と娘は叫んだ。切符は一日前の日付になっていたのである。

娘の顔はみるみるふくらんで、熟れ過ぎた柿のようになった。完全なる彼女のミスだ。東京を出る時、日にちを間違えて前日の切符を買っていたのだ。しかし叱っている暇はない。とにかくすぐに新しい切符を、と私にいわれて熟れ柿は走って行った。孫はまだボーッと立っている。私はいった。

「お母さんが切符を間違えて買っちゃってたのよ」

「ふーん」

ふーんじゃなくて、「えーッ」とか「どうしてェ」とかびっくりしてほしいものだ。

が、さすがに、

「で、どうするの？」

と訊いた。

「どうするたって、新しく買うしかないでしょ」

「前の切符は？」

「そんなもの、捨てるしかないわね！」

憤然といった。

「三万……いや、四万……（とっさに計算出来ない悲しさ！）とにかく、それくらいの損ですよ！」

孫、何もいわない。

「お金、捨てたようなものだわね！　四万か……五万……」

あてずっぽうに、金額を多くいうのも、孫を驚かせたいからである。しかし孫は何もいわない。そこへ新しい切符を握って娘が走ってきた。

「すみません、ごめんなさい」

さすがに神妙に謝ったので、文句をいわないことにする。そのうち私は指定席券と特急券はムダになるが、乗車券の方は払い戻してもらえることに気がついた。旅馴れていない娘はそのことを知らず、自責と恐縮の熟れ柿は東京に着くまで元に戻らなかったのである。罰として私はわざと教えなかったので。

教えたのは東京駅に着いてからである。娘は窓口へ行って払い戻しを受け、熟れ柿は漸《ようや》く消えていつもの顔に戻っている。これにて一件落着。さあタクシーを拾って、と乗り場に向った時に気がついた。

ハンドバッグがない！　旅の間中、左手にスーツケース、右手にハンドバッグを持っていた。その右手がからっぽだ。

「ハンドバッグがないよう！」

勢よく前を行く娘に声をかけた時の情けなさ。かつて私にはこんなことは一度もなかった。いつだって私は「え？　なにッ！　しっかりしてよ！」という役廻りだったのだ。だが今私は、娘から、

「なにッ？」

と眉をひそめられているのだ。ああ、年はとりたくないものだ。

私は考え、ハンドバッグは落していないと確信した。あの人混みの中でひったくりに遭うわけがない。多分、電車に忘れたのだ。飲み食いした後のゴミを袋に詰めて、燃えないゴミ袋を孫に手渡し、燃える方を自分で持った。そのためにバッグを忘れて……と説明するのを半分も聞かず、娘は「カード」「カード」といいつのる。ホテルの支払いをした後、娘はカードを私のバッグに戻したのだという。

娘はみるみる熟れ柿に戻った。その柿面にマスクをかけた。烏天狗《からすてんぐ》型のマスクである。彼女も私に劣らぬ花粉症なのだ。そうして荷物を孫に持たせ、「あんたはここで待ってなさい！」と叫んで改札口を走り抜けた。「忘れものしたんですッ、ハンドバッグ。全財産が入ってる！」といいつつ。その見幕にたじろぐ駅員を尻目に走る後を私も追った。やっぱり烏天狗のマスクをして。

到着したプラットフォームをあっちへ走りこっちへ走りしたが、乗ってきた電車ははや車庫へ行き、忘れ物の届けはないといわれる。仕方なく、諦めて帰りかけたが、あまりの逆上に来た道がわからない。孫が待っている改札口はどこだったのか（全く東京駅八重洲口は改札口が多過ぎる）。こればかりは駅員に訊くわけにいかないのだ。

うろうろした揚句に娘は携帯電話で孫を呼び出した。

「あ、桃子。今ね、母さんたち迷っちゃったんだけど、桃子のいる所、そこから何が見える？」

そういったと思うと娘は、マスクがふっとぶほどの大声を出した。

「なにいってんの！　あんた、桃子ッ」

そして熟れ柿マスクの顔を私に向けていった。

「あのアホが！　何が見えるかって訊いたら、『改札口』だって！」

改札口に立っているのだから、目に入るのは改札口に違いないが……。

「しょうがないねえ。じゃあね、人に訊いて大丸の前にいなさい。大丸の前よ、わかった？」

年には勝てない。私はもうヘトヘトだった。これで大丸の前に孫はいるか、いないか……いないんじゃないか？　考えるだけで気が遠くなりそうだった。大きな大丸の看板の前に出たのだが孫の姿はない。待ったが来ない。二手に分れて捜そうということになり、私は老脚に鞭打って走った。娘は反対方向に走る。と、大丸の入口が見えた。するとさっき娘が「ここで待ってなさい」といった場所、あれはどこだったのだろう、と思いつつ、うろうろしていると、いた！　入口に立っていればいいものを、大丸の横の方に相変らずの顔で立っているのが花粉症の涙目に見えた。長い脚の前に山のような荷物を置いて。思わず、

「モモちゃーん」

と叫んで手をふった。孫は気がついたのかついていないのか、手もふらず、表情も変らない。

「モモちゃん！　モモちゃん！　ここよォ」

行き交う人がふり返っている。聞えないのかと思ってマスクを外す。尚も呼ぶ。漸く近づいていった。

「あんた、気がつかなかったの？　おばあちゃんが叫んでるの」

「知ってたよ」

「知ってた？　わかってたの？」

「うん、あんな大声出さなくてもわかってるのに」

わかってるのならわかってるような顔、仕草を……というのももう面倒くさかった。

楽しい春の旅行はこうして狂乱怒濤の終章になったのだった。

翌日、私も娘も涙と洟《はな》でクシャクシャになって寝込んでしまった。マスクもよれよれになっている。孫は「行ってまいります」といって英語の勉強に出かけて行った。花粉症にもならずひとり涼しい顔をして。アホか、大人物か、悠揚迫らざるその姿、そんな孫はいっそ頼もしく立派に見えたのである。

なぜ小説を書くか

ゴールデンウィークの始まりで、例年を上廻る海外旅行の家族連れが成田空港を埋めている光景が、テレビニュースで報じられていた。女性レポーターが小学生の男の子をつかまえてどこへ行くのかと訊き、彼が答えるとすかさずいった。

「どんな旅にしたいですか？」

――また始まった……私は見るのがいやになる。男の子のためにハラハラした。どんな旅にしたいなど、子供が考えたりしているものか。

テレビレポーターという人種はなぜか、答えようのないような問いかけをする。いってもいわなくてもいいようなことをいわせようとする。いつだったか、あれは大学駅伝で、必死で走ってきた第一走者が次のランナーにタスキを渡した時のことだ。待ちうけていたレポーターが走り寄ってマイクをさしつけた。

「タスキを渡した時、××さんはどんな表情をしていましたか？」

××さんというのはタスキを受け取ったランナーのことである。タスキが無事に相手の手に渡ったかどうか、ヨレヨレになりながらもランナーはそれだけを見ている筈だ。相手の顔など見ているヒマがあるわけがない（おっ母さんが迎えにきた保育園の子供じゃないんだ！）。彼が何と答えたか、聞き洩らしてしまったくらい、私は呆れ且怒ったのだった。

私には苦い思い出がある。市川房枝女史が亡くなった時のことだ。市川女史とは二、三度会っただけで、そう親しいという間柄ではなかったが、私は私なりの敬意と親愛を女史に抱いていたので、ふと思い立って葬儀に参列したのである。

焼香をすませて会場を出てくると、テレビカメラとレポーターが待っていて、あっという間にとっつかまった。前に述べたように私は市川女史と親交があったわけではない。市川女史の下で仕事をしていた友人から、市川さんは細かくて小うるさいところがある。例えばメモ用紙はチラシや報告書などの印刷物の反古《ほご》の裏を使わなくてはいけないと厳しくいわれていた。その反古が使い果されてしまったので新しいメモ用紙を買って使っていると叱られた。仕方なく必要もないのにわざわざ紙に印刷し、それを切って裏を使っていると、市川さんは満足していたという話を聞いたことがある。それだけのことで私は市川さんの単純無邪気なひと筋ぶりを面白く思い、好きになっていた。葬儀に参列しようと思ったのは、「好き」だったからである。

マイクというものは有無をいわせぬ力をなぜか持っている。それを口もとにさしつけられると、はね退けて通り過ぎるということが出来なくなる。犯罪事件の容疑者に白状させようとすれば、刑事が躍起になって威《おど》したりすかしたりするよりも、道を歩かせてマイクを向ける方がよほど効果があるんじゃないかと思えるほどである。

葬儀場の出口でマイクを向けられた私は立往生した。とにかく何かいわねばならぬという責務に駆られているが、しかし「市川先生はメモ用紙の代りに反古の裏を使えといって……だから好きになりまして……」などとしゃべるわけにはいかない。こういう時、普通は市川女史の一筋の人生、男女平等、女性解放差別撤廃への情熱に対する敬意を語るものだろう。だが私はマイクを見ただけで逆上気味になっていたのだ。人は私を「蛮勇のおしゃべり」だと思っているようだが、本当はそうではないのだ。蛮勇が湧き出てこない時は才気は眠っているという不器用者だ。特に気が急《せ》くと我にもあらずハチャメチャになってしまう。そしていきなり私はいったのだった。

「人は誰でも死にます……」

「はあ」

とレポーター。この後、どんな言葉が出てくるのかとその目は期待に輝いている。つづきを何かいわねばならない。仕方なく私はいった。

「そのうち、私も死にます……」

「はあ」

という声を残して一目散に私は逃げた。そのコメントが没になったことはいうまでもないだろう。だが数日の間、私はビクビクしテレビを見るのが怖かった。しかし誰からも何もいわれなかったから、それがせめてもの慰めだった。

私のテレビカメラとレポーターへの敵愾心はそこからきているのである。だから見も知らぬ子供が、

「どんな旅にしたいですか?」

と訊かれているのを見るだけで、はや胸が騒ぐのである。

だがしかし、なんと私のトラウマの疼きをよそに、少年はこう答えたのである。

「幸せな旅にしたいと思います……」

幸せな旅！

幸せ！

彼は「楽しい」といわずに「幸せ」といったのだ。とっさにテレビや女性誌で手垢のついた言葉を借りて答えたのだろうが、それをどうこういうつもりはない。まったく当今の日本人はおとなも子供も、マイクの前でうろたえるということはなくなっているのである。私はほとほと感心する。

「このォ、すれっからしめ！」

といって感心するのである。

大正生れの私たちが子供の頃は、知らないおとなに話しかけられるだけで緊張したものだ。学校の帰り、立派な八字髭の紳士から、

「君たち、何年生だい？　勉強は好きかね？」

と話しかけられただけで、胸がいっぱいになって俯いたまま何もいえなかった同級

生がいた。彼女は八字髭のハネ上り具合を見ただけでまず圧倒された。それから歯切のいい「東京弁」が更に彼女を怖気づかせたのだという。

「そやかて、あの人、『君たち』ていわはったんやもん……」

と彼女はいった。私たちは「あんたら」とか「お前ら」と呼ばれつけていたのだった。

民主主義というものはどうやら皆が「しゃべる」もののようである。民主主義とテレビのおかげで日本人はおとなも子供も「しゃべる人」になった（これぞ進歩というべきか?）。たまにしゃべらないでムッツリしている（サッカーの中田のような）人がいると評判が悪い。その点、森島は「腰が低い」といって方々で褒められていると いう記事を見たことがある。森島という選手がどんな人物か私は知らないが、おそらく愛想よく答える人なのであろう。愛想がよくたって悪くたって、そんなことどうだっていいじゃないか、サッカー選手はサッカーがうまければそれでいい。ホステスや受付嬢なら話は別だけど。

そんな私が心から感心している人がいる。拉致被害者だった曽我さんである。曽我さんが夫のジェンキンスさんと二人の娘さんと会えることになった時、例によってテレビレポーターが訊いた。

「娘さんに会ったらどんな言葉をかけてあげますか？」

その時も私はハラハラし、いやァな気持になっていたのだが曽我さんはよどみなく、

「『ごめん』と……（いいます）」

と答えていた。なるほど、うまい答えだと思っていたが、実際に一家が再会した時はゴメンもヘチマもなく、テレビカメラを尻目にジェンキンスさんに駆け寄り、いきなり抱擁して熱い接吻をかわしていた。それを見た私はハラハラもいやァな気持も一気にふっ飛び、

「おみごと！」

一声叫んで、心からの讃嘆を捧げたのであった。

まことに言葉というものは、必要ではあるが、それと同時にまた無力なものである。曽我さんは多分、そのことを帰国以来のマスコミのインタビュー攻勢の中でいやというほど識《し》らされたのであろう。いやというほど識って、曽我さんは成長した。実に柔

軟性のある賢い人だ。見習わねば、と思う。

そう思った折も折、

「曽我さんのあのキッス。あれはあらかじめ考えた上のことだと思いますか？　それとも感きわまってああなったということかしら？……それとも、後でマスコミから何といったのかをしつこく訊かれるのがいやで、いっそ行動に出ることにしたのか……どう思います？」

と訊く人がいて私はうんざりした。

曽我さんの真実なんていくら想像したところで他人にわかりはしないのだ。またわかる必要もない。曽我さん本人でさえ、なぜああいう行動に出てしまったのかわからないというのが本当のところだと私は思う。

「佐藤さんのその強さはどうして身についたんでしょう？」

とインタビューなどでよく訊かれるたびに、この頃、私はただ一言こういいたいと思うようになった。

——知らんがな、そんなこと、と。

だがそれはそう思うだけだ。その質問は、読者に強い人間になるための示唆を与えたいという意図から出たものなのであろうと思い、そうしてテーブルの上に置かれたテープレコーダーを見、鉛筆とメモ用紙を手に身構えているインタビュアーに目を向けると、マイクをさしつけられた時と同じ気分になって、私は、

「やっぱりそれは、色々な苦労の経験に鍛えられたんじゃないですかねえ」

などともっともらしく答えてしまう。本当に私は「強い女」なのか？　と思いながら。いったい「強い」とはどういうことなのだ？　とも思いつつ。

「離婚されたご主人が倒産された時、佐藤さんはご主人の会社の借金を肩代りされましたね。夫の負債は妻には責任がないという法律があるのに、です。なのになぜ、そんな大損を被られたんですか？」

過去に何回、いや何十回となく私はその質問に答えてきた。思い起せば初めの頃（昭和四十年代）はよくこういっていた。

「『人は負けるとわかっていても戦わねばならぬ時がある』——これは私の父が好き

なバイロンの言葉らしいんですが、私の父は波瀾の人生を生きた人でしてね。いろんなことをやっては失敗するたびにこの言葉を日記に書いて自分を励ましていたらしいんです。父の書き残したものを読んでいるうちに、その言葉が、父の人生の苦しさと一緒に私に染み込んだような気がします」

それからまた、こんなふうにいっていた時もある。

「どんな時でも私は頭を上げて生きたい人間なんです。人に迷惑をかけて逃げると、小さくなってコソコソ生きなければならないんじゃないか。そう思うと逃げられなくなったんです」

また、こういうこともいった。

「父がしょっちゅう、いってました。損得で動く人間は下司なやつだって。それが染みこんでいるんですね、きっと」

それから、

「金のことでああのこうの、血相変えていい募る借金取りを見ると、つくづく情けなくなって、もう何でもいい早く話を終らせたいという気になる。終らせようとしたら、借金を引き受けるよりしようがないでしょう?」

とか。それらのコメントは、家庭の教育の形やそれによって作られた人生観、金銭感覚、物質的価値観への批判などがふくまれているように思うのであろう、インタビュアーは満足して「よいお話を伺えました」といって帰っていく。四十代、五十代、六十代頃まで、盛にそんなことをしゃべっていた。そのうちだんだんアレコレいうのが空しくなってきて、

「要するに騙されたんですよ、モト亭に」

と笑ってすますようになった。

言葉は重宝なものだが、同時に空しいものでもある。本人の口から出たものであれば、それだけで正しいとされ、十分に人を納得させる。かつての私のコメントの数々はそれなりに真実である。少なくともその時その時、私が真実と信じていった言葉だ。嘘ではない。嘘ではないが、空しい。私のすべてを語っていないことを私は感じている。しゃべってもしゃべっても、私の鉱脈に突き当らないのである。

ある時、作家が何人か集まって雑談をしていた時、佐藤はなぜ亭主の借金を肩代り

したのかという話題になって、色んな意見が出たが、結局田畑（モト亭の姓）に惚れているのだという結論に落ちついたという話を聞いたことがある。それからまた、いつだったかは私の研究家（？）と称する人がこういった。

「とどのつまり、佐藤さんはお嬢さんなんですよ、お人好しの」と。

「そうですか」

と私はいった。そういうしかない。みんな、自分の物指しでものごとを測る。物指しを沢山持っている人は、沢山の物指しで測る。だが沢山持っているために、却って真実から遠去《とおざか》ることもある。私自身、四十代の物指し、五十代の物指し、六十代、七十代の物指しで自分を語ってきた。だがどの解釈が一番正しいかはいえない。今私にいえることはそれらの解釈はみな（人の解釈も含め）佐藤愛子の「部分」だということだ。ではそれらの部分をひっくるめたものが全体像かというと必ずしもそうでもない。それ以外にもまだいろいろある。弱かったり強かったり。言葉でいえるほど人間は単純なものではないのである。

言葉はすべて空しいものだということを、テレビのレポーターやコメンテーターは知らないのではなく実はみんなよく知っているのかもしれない。知っているから平気でいい加減にしゃべれるのかもしれない。

モト亭の破産騒動が峠を越した頃のことである。モト亭は私のもとを去り（借金だけ残して）、ホステスと同棲していたが、時々現れて金の無心をした。峠を越したといっても、まだ山裾には細かい借金取りがひしめいていたのだろう。モト亭の顔を見ると私はこういうのが口癖になっていた。

「なに？　またおカネ？」

「頼むよ、×万円」

互いに呑み込み合った間柄になっていたから話は早い。余計ないいわけなど聞いても無駄だし、拒絶の罵言もいい飽きていた。

「じゃあ銀行に電話をかけて訊きなさいよ。印税の振込みが入ってるかどうか」

私はいった。

「うちの係りは黒田という人だから、黒田さんを呼んで調べてもらうのよ。その代り、こういわなくちゃダメよ。クリマンの黒田さんお願いします、って」

銀行に黒田という行員は二人いる。我が家の係りの黒田さんは栗饅頭を彷彿とさせる顔だったので、私はひそかに「クリマンの黒田」と呼んでいたのだ。

「いい？　クリマンの黒田さんをお願いしますっていうのよ、クリマンっていわなきゃ、金はあってもあげないから」

それはいうならば、かぐや姫が大伴大納言に向って龍の首にある五色の玉を取ってこいとか、阿倍右大臣に唐《もろこし》の火ねずみの皮衣を持って来いといったような、そんな気持である。要するに難題をふっかけたわけだった。

「クリマンか……」

モト亭は空を見つめて呟き、それから電話のダイヤルを廻した（懐かしや思えばダイヤル電話の頃のことである）。固唾を呑んで見守る私。

「もしもし」

とモト亭はいった。

「クリマンの黒田さん、願います……」

は？　と先方は問い返したらしい。

「クリマンの黒田さんです！」

必要以上の大声だった。その大声は彼の「瀬戸際」を語っていた。彼は必死だったのだ（手伝いのおばさんは腹を抱えて笑っている）。少しの間があってクリマンが出てきたらしい。

「クリマンの黒田さんですか！　私、佐藤の家の者ですが、佐藤愛子に振込みが入っているか調べていただきたいんですがね……」

振込みは入っていた。モト亭はまんまと金をせしめて行ったのである。

「まあ、なんて面白い……変った方でしょう！」

と手伝いのおばさんは笑い涙を拭き拭きいった。

「どっちが？」

と訊くと、

「そりゃあ……」

といってから、

「お二人とも」

といった。その時私は笑ったか笑わなかったか、覚えていない。それにしてもクリマンという言葉を銀行の人も（クリマン本人も）どう思ったのだろ？　なぜスンナリと通ったのか。私は今でもそれが不思議である。

こんな挿話を持ち出したのは、「なぜ借金を背負ったか」の答として、これが一番わかり易いと思うからである。つまるところ、私は「こういう人間」なのだ。百万の言葉をもって「なぜ」「どうして」を説明、解釈をするよりも、この話ひとつで納得出来る筈だ。

だから多分、作家はしゃべらずに、小説を書くのです。

ヤケクソ献体

必要があって古新聞に目を通していたら、ふとこんな投稿が目に止った。「献体に備えて誇れる体形に」というタイトルで、投稿者は飲食店経営の四十八歳の男性である。

「献体登録をしてから半年が過ぎた。わが身を医学教育に役立ててもらい、解剖実習終了後には火葬や納骨などの面倒をお願いしたい、というのが献体を決意した最初の理由だった。

しかし実習に供される自分の姿を想像すると、死後とはいえ単に教材としての身体ではなく、多少なりとも誇れる肉体を提供するのが礼儀であり、義務ではないかとの思いに駆られた。

幸いにして現在は健康であるが、仕事の多忙にかまけて運動の時間が少なくなり、アンバランスな食事が続いた。このままでは人様にお見せするには恥ずかしい体形になりつつある。

遅まきながら、運動の再開と食生活の見直し、そして人生の終焉《しゅうえん》を迎えるまでの時間を有意義に送るヒントを探るために、哲学や文学書などをひもとく時間を持つことを始めた。

どうやら献体登録を済ませることによって、今までの人生の過ごし方から少し軌道修正を考える機会をもらえたようである。自信を持ってわが身を任せ、将来の医学発展に寄与できればと願う日々である」


いやあ、世の中には真面目な人もいるものだ。世のため人のために役に立ちたいと考えるだけでも真面目な人であることがわかるが、「多少なりとも誇れる肉体を提供するのが礼儀であり義務だ」と考えて、運動と食生活を見直し自信を持って自分の屍体を提供するべく「人生の軌道修正」を考える！

こういう人を「立派な人」というか「カワッテル」というか、この答はむつかしい。

献体を考える人にもいろいろある。葬式の面倒がはぶけるからと考える人もいれば、金のない人、極度のケチ、お寺と葬儀屋に反感のある人、また世の中に何の役にも立たなかったから、せめて死後役に立ちたいと考えた人もいるだろう。

畏友《いゆう》中山あい子もまた、早くから献体登録をしていたが、その理由は「めんどくさくなくていい」というものだった。その時私は以前聞いた話を思い出し、おどかすつもりで尾鰭《おひれ》をつけてこういった。

献体した屍《しかばね》は大きなホルマリンの槽に投げ込まれてプカプカ浮いている。そこにはほかにも投げ込まれた屍体が一緒にプカプカしているというから、時々はぶつかり合ってあっちへフラー、こっちへフラーと漂って、頭は上になっているのか下なのか……必要が生じれば引き上げられるんだろうけど、やっぱり若い女の屍体の方が先に選ばれるだろうから、ばあさんはいつまでもプカプカ浮いている。とうとう品切になった時に仕方なく、

「チエッ、これしかないのか。しようがねえなあ」

といわれて引き上げられる。竹竿か、でっかいフォーク……ゴミの山を突き崩したりする時のあれで引っかけられて、ざァーッと上ってくる……などとでたらめ半分

しゃべりまくったのだったが、中山あい子は、

「そんなもん、死んだらゴミだよ……」

と涼しい顔でいっただけだった。まことに中山あい子は大悟《たいご》徹底の人なのであった。


亡くなったと聞いた時、私はすぐに駆けつけたが、中山さんはいつもの顔でカラ炬燵の前に横たわり、薄く口を開けたその顔があまりにあっけらかんとしているので、私は泣く気にもならず、空炬燵《カラ》の前に坐ってそこにあった蜜柑を食べた。そうしているうちにやがて献体受け取りの人が来て、白い布に中山さんを包み、軽々と抱えてエレベーターで表へ運んだ。表には後扉を開けたワゴン車が待っていて、そこにある木箱に中山さんは入れられ、車はあっさり去って行った。一人娘のマリさんが走り出した車に向って、

「バイバイ……サヨナラ……」

と手を振った。

何ともいえない別れだった。みごとな去り方だった。「バイバイ」と手を振ったマ

リさんも見事に育った娘というべきであろう。私が中山あい子を畏友と呼ぶゆえんはそこにある。

私の幼な友達——というよりは「ひとつ穴の狢《むじな》」ともいうべき変り者のS子は子供の頃から死ぬのが怖くてたまらなかった。死んだらどうなるのやろう、どんなところへ行くのやろう、あんた、怖いことない？　ほんまに何ともない？　と誰彼かまわずいっては騒いでいたのだが、そのうち誰かに、「死は無である」と教えられて気持が鎮まった。

「無になるということは自分がなくなるということやから、つまり、何も感じんようになる。感じる自分がおらんのやから」そう思って気がらくになった。

だが、ある日、近所に葬式があり、その葬式の最中に死人が生き返るという騒ぎが起った。それは丁度、S子のお母さんが葬式に行こうとして「香典、なんぼ入れましょう？」、とお父さんに相談している時だった。

「えらいこっちゃ、えらいこっちゃ」

と裏のおばさんが駆け込んできて、

「生き返ったァ……生き返らはったんやァ……」

と叫んだ。と、誰かの声が、

「それ、釘、打つ前？　打ってから？」

と訊き、

「打つ前、打つ前」

とおばさんが答え、

「打つ前でよろしおましたなあ」

とみんなが口々にほっとした声でいった。

「釘打つ」とは棺桶の蓋に釘を打ちつけることである。それを知った時から、S子には死ぬのは怖くないが、「生き返るのが怖い」という想いがこびりつくようになったのだった。

それからというものS子は、「自分が死んだ時は、腐るまでそのままにしておいてほしい」という切実な願いを持つようになったのだったが、彼女がそういって頼むと

身内の人は、

「何いうてる、そんなん臭うてかな（わ）んがな」

と膠《にべ》もなかった。

S子はまた、棺桶の中に金槌を入れておいてもらうことも考えた。生き返った時に金槌で棺桶を叩き割るのである。だが棺《ひつぎ》の中はまっ暗だろうから、金槌が見つからない危険がある。S子はそれを考えて、金槌はしっかり死体の手に握らせておいてもらいたいとしつこく頼み、弟から一言、

「アホ」

といわれたという。

一旦死んでからまた生き返るなんて、そんなことは、千分の一万分の一もあるものじゃない、と人はみないった。しかし千分の一、万分の一にしても現にそういう事実があったのだ、とS子はいい張った。ヨーロッパのどことかで、十八世紀だか十九世紀だかの墓を掘り起したら、棺の蓋の裏に無数の引っかき傷がついていた。墓の中で生き返った人が苦悶してつけた傷で、しかもそういう棺は一つや二つではなかったと

いう古い新聞の切ヌキを彼女は（信じない人に見せるために）財布にしまっていて、出し入れが激しいせいか、いつか見せてもらったらヨレヨレになっていた。

「わたしの人生って、なんでこんなに辛いことの連続なんやろう……。けったいな人といわれて誰からも理解してもらえず、一人で苦しんで、いっそ死んで楽になりたいと思うけれども、生き返る心配がある限り、死ぬに死ねんのやわ……」

彼女がそういって悲しむのを見ると、長年の友達である私は、何とかならんか、と切実に思うようになった。彼女の懊悩《おうのう》を、そんなバカな、と一蹴するのはた易い。死ぬことが怖くて苦悩するというのならわかるけど、生き返ることが怖いなんて……生き返ることなんて殆どあり得ないことを考えて怖がるなんて……信じられなァい、と人はみないう。笑う人もいれば怒り出す人もいる。

「そんなの甘ったれ。そんなこと考えてウダウダいってるような、そんな暇な、シアワセな人生をわたしは生きてこなかったわ！」などと。

暇か暇でないか、シアワセかシアワセでないかを論じてもしようがないのだ。とにかくS子には死んで生き返るかもしれないことへの恐怖がこびりついている。問題はこびりついてしまった、ということなのだ。それが怪しからん、考えられない、といって怒ってもしようがない。

「こびりついたんよ、こびりついてるのよ」

と私はいうしかない。世の中には男への想いがこびりついてどうにもならず泣きつづけている人もいる。失望怨みがこびりついて人相が悪くなった人もいる。たまたま彼女には普通の人にはわかりかねるようなことがこびりついた。それは「こびりつき病」という病気だと思うしかなく、病気であれば笑うわけにはいかない。

そういえば彼女はかつて（軍人の夫が戦死した後）熱烈な恋愛をしたが、その時は自分が貧乳であること（といっても乳の出が悪いというのではない）がこびりついて恋愛を成就させることが出来ず、その後も何度か恋をしたが、そのたびに鏡に乳房を映し見ては断念した。軍人さんの忘れ形見を産んだ後、年と共に貧乳がタレパイになってきていたのだ。

「こんな粗末なものを愛する人にさしつけるのは申しわけない」

という気持だった。

「けど死なはった軍人さんはどうやったの？　貧乳やというて文句つけたりしなかったんでしょう？」

私がそう訊くと彼女は、

「戦争中の男は女のおチチなんか問題にせんかったわよ！」

といくらか憤然とした面持ちになった。

あの頃の男はよかった。立派やった。あの時代は苦しいことだらけやったけど、日本人は男も女もみな、目的をもって一心不乱に生きてたわ。わたしら女はきちんと家事をこなし、素直に夫に仕えていたらそれでよかったんやわ。おチチなんてどうでもよかった。それが戦争に負けてからおチチの大小で女の値打ちが決るようになった。これはアメリカのせいや！　アメリカの占領政策は日本人をフヌケにすることやった。日本人はまんまとそのテに乗せられてしまって、男の値打ちは顎のつぼまったイケメン、女はデカパイという愚劣な価値観が染み込んでしまった……とS子のこびりついた歎きはどこまでもつづく。そのこびりつきによって彼女の未亡人としての生涯は寂しくも清らかなものになったのだった。

そんなふうにして月日は私とS子の上を流れた。十年一日のごとくS子は同じことを心配し、同じことを私に頼む。

「わたしが死んだ時はすぐに来てちょうだいよ。そして完全に死に切るまでそのままにしておくこと、誰が何というても頑張ってほしい。そんな時に頑張れる人はアイちゃん、あんたしかおらんのやから。きっとよ、きっとよ、約束してよ……」

「わかってる。大丈夫」

とその都度、私は答える。わざと力強く約束する。

「けどどういう状態が完全に死んだことなのか、あんたのいうてる状態はお医者さんの判断の外のことやから……」

そういうとS子はきっぱりといった。

「腐臭や」

「よし、わかった！」

と私もきっぱり答える。力強くいうのはS子を安心させるためである。だが本当にその時がきた時は、棺に入れようとするS子の身内の人たちと格闘してまで阻止する気はない。まあ、なりゆきまかせ、と思っていた。

気がつくとS子は私より一つ上の八十二歳になっている。お互いに年と共に不精になり、何ごとにも億劫を感じるようになってこの一、二年は会うこともなく、電話も間遠になっている。かつては憤激を趣味のようにしていた私も肉体気力共に衰えてきて面倒くささが先に立っていることを思うと、S子のこびりつきもいくらか鎮まっているのかもしれない。

私はふと思いついて（というより、この稿を書くために）彼女に前記の「献体に備えて誇れる体形に」の投稿切ヌキをファクシミリで送り、それから電話をかけた。

「読んだ？　アレ……」と訊く。

「あ、読んだ、読んだ……」

答えるS子の声音は落ち着いている。

「ありがとう。気にかけてくれて」

「献体という手、悪くないと思うのよ。棺桶に釘を打たれる心配はないし、すぐに引き取りに来てくれて、ホルマリン槽に漬けられるのやから」

というのをS子は遮って、

「いや、ホルマリンやない。冷凍やわ」

「へえ、冷凍なの？　それほんま？」

「わたし、はじめは死後解剖ということを考えたんよ。けど難病奇病でなかったら、そう簡単にはしてもらえんかもしれんと思って、それから献体について人に訊いてまわったらすぐに冷凍されるという人が五人、ホルマリンが二人やった。それならまあ、安心でしょう？」

「ふーん、そうやったの……それでこの頃、電話がこなかったんやね。ま、それでこびりつきが取れたのならよかったやない。めでたしめでたしやね」

喜ぶ私にとり合わずS子はいった。

「わたしね、この投稿読んで、胸にズーンときたわ。この人、こういうてる。『このままでは人様にお見せするには恥ずかしい体形になりつつあると思い』って……それで生き方の軌道修正を考えたんよね、この人。それでわたし、思い出したんよ。昔、タレパイで悩んだ時のこと……。それは三十年もっと前の頃やわ。あの頃のわたしやったら、解剖の医学生にタレパイ見られることを思うて、とても決心出来へんかったわ。けど今はねえ……」

もはやタレパイは問題ではなくなったんねというと、

「タレパイもなにも、身体全体が痩せてたるんで、ダブダブに垂れてるもん……」

彼女はいった。

「昔、アイちゃんがよういうてたでしょう。わたしは苦難に遭うとヤケのヤンパチになって力出して生きてきた、って。それがこの頃、やっとわかるようになったんよ」

そして彼女はつけ加えた。

「年をとるということは、悪いことばかりやないねえ……やっとわたしもヤケのヤンパチになれるようになったんやわ」

国を想いかく夢む

朝日新聞によると、中国の対日感情のアンケートで、日本嫌いが60パーセントだったそうである。

60パーセントの中国人が日本を嫌っている——。

やっぱりなあ、と私は思う。あれだけ日本悪者教育をしているのだから、当然だろうなあ、と思う。第二次世界大戦中、我々は「英米は鬼畜である」という教育を受けた。そして鬼畜の代表であるルーズヴェルトやらチャーチルの似顔絵をつけた藁筒に向って、モンペ姿も凛々《りり》しく（？）エイヤッと竹槍を突き立てたものだ。

国民は常に国策に躍らされるものであることを、経験によって私は知っている。日本が降伏した後、敵は鬼畜であるからして、今に占領軍が上陸してくると女は凌辱され、男はキンヌキされてアリューシャンで強制労働させられるといわれて国民は皆戦戦恐恐、

「婦女子はスカートではなく、必ずモンペを着用すること」

と、愛国婦人会会長の注意が新聞に出たりした。モンペを穿いていたって、凌辱される時はされるだろうが、つまり、それくらいの心構えを持ちなさいということだったのだ。（実際にはアメリカの兵士が上陸してくると、日本女性は自らモンペを脱いで貞操を売った。享楽のためではない。生き延びるためにだ）

そういう経験からして私は、中国人の60パーセントが日本を嫌ってても仕方がないと思う。しかしだ、しかし、中国の新聞がそれをいうのならいいが、なにも日本の新聞がわざわざいい立てることはないだろうという気になる。

「嫌われてる？　そんなことといわれなくてもわかってらィ！」

といいたくなる。これだけ中国に次から次へとイチャモンをつけられたら、どんなアホでも嫌われていることくらいわかるわいな。嫌われてケッコー。ケッコー毛だらけ猫灰だらけ、お尻のまわりはクソだらけ……べーだ！　とついいいたくなってしまう。中国へではなく、朝日新聞に。

いったい朝日新聞はどういう意図があって、日本はこんなに嫌われてるんですよ、と我々に教えようとするのだろう？

嫌われないために努力することを促しているのか？　反省してもっと中国にへりくだれと？　嫌われているといい立てて、中国への反感を煽ろうとしているのではないとは思うが、

「△ちゃんがあんたのことキライやというてるよ。△ちゃんだけやない、×ちゃんも○ちゃんも」

なんてことをいう女の子がよくいるが、意図なんて何もない、ただのイケズなのか？


かつて私は中国人が好きだった。中国人を「大人《たいじん》」という言葉でイメージしていた。日本人の島国根性に対して「大陸的」というか、小事にこだわらず、度量広く悠々たる人物というイメージである。日本の文化は中国の恩恵を受けて発展したのであるから、「師」としての敬意も抱いていた。日支事変前後から日本が中国を虐めにかかったことなど、乙女心にひそかに苦々しく思っていた。

確かに日本は恩知らずの振舞いが多かった。あの頃憎むべきは日本を窮地に追い込もうとしたアメリカ、イギリス、フランス、オランダであって、中国はどこまでも被害者だったのだ。

私はいまだ一度も中国や韓国へ行ったことがない。かつて理不尽な暴虐を振った彼《か》の国の人に、どの面《つら》下げてまみえ得ようぞ、という気持だったのだ。それは日本が軍事大国だった頃のことだけではない。敗戦の後、奇蹟的に経済復興して高度経済成長に浮かれていた頃の日本の男どもが、鈍感で卑しい成上り根性丸出しにして、ソウルへ行ってはキーセンを買っていたことなど、あれこれ思うにつけても、とてもケロリ、ニコニコして中国や韓国へ行く気になれなかったのだ。

積年の怨みが向うにはある。その怨みを胸にあちらさんは力をつけ、今こそ仇討ちの時を迎えた、という気持なのかもしれない。

靖国問題、歴史教科書問題、尖閣諸島問題からガス田、台湾、呉儀副首相の小泉首相との会談ドタキャン劇。ついこの間は中国にある日本人学校が日本から取り寄せた地理の教材の地図に、中国と台湾とが別々の色に塗られていたというので本は差し押えられた上、日本人学校は、罰金を払わされた。

「日本は中国に六兆円以上の経済援助をしている。それを大半の中国人は知らないんです。なぜ日本政府はそれをいわないんでしょう」

と無念がっている人がいるが、そんなことといくらいってもしようがないのだ。向うさんは忘れているのではない。知って「知らんぷり」しているだけなのだから。

かつての「大人」は今はご亭主の昔の所業に対する怨みつらみがこびりついた口うるさい古女房みたいになってしまった。

「だいたいがあんたは図々しいんやわ。昔、景気よかった頃、ええ気になってからに、図に乗ってわたしにどんなことしたか。忘れたとはいわせへんよ！」

「そら、確かにわしはすまんことした。そう思てるからこそ、ずーっと身をつつしんでるやないか。罪滅ぼしに小遣いかて仰山やってるし、そのほかにもお前がいうままにひとつも文句いわずに何やかや、買うてやったやないかいな」

「ふン、あれっぽち。それでごま化そうとしてもそうはいかんわ！　あの女とだけは手ェ切ってちょうだい、とこれほどいうてるのに、この前かて、あの女の家へ行ってたやないの。ヨリ戻そうと思ってること、わたしにはわかってるのやから」

「アホなこというな。ヨリ戻すもなにも、もうお婆《ばん》になってるがな。わしがちょいちょい行くのはな、昔、貧乏学生の頃、えらい尽してもろたからや。わしのために身ィ粉にして働いてくれて、とうとう身体こわして今は気の毒な身の上や。その恩義を忘れたらわしの男がすたる。受けた恩を忘れるな、というのは我が家代々の家訓なんや」

「家訓？　フン、えらい勝手な家訓ですな。妻であるわたしを散々苦しめてからに、それでもええという家訓かいな」

「とにかく昔のことは水に流して、これから末長う仲ようしよやないか」

「末長く仲ようしたいのなら、あの女の家の前、ウロウロするのはやめなはれ。あんたの魂胆はわかってる。何をいわれてもおとなしゅう下手に出てて、心の中でこう思てるのんや、『そのうち、また行こ』……。とにかく昔からのあんたの女出入というたら、……浮気相手百五十人……」

「おいおい、なんぼなんでも、そりゃムチャクチャやないか。前にお前は五十人というてた。そのうち百人やといい出して、今は百五十人……。口から出任せもたいがいにしてくれ。お前もわかってるやろが、わしがアッチの方、あかんようになってること。やれといわれてもやれんがな、このザマでは」

女房どのは本当は知っているのである。浮気しようたって出来ないことを。何もかもわかっていて、ご亭主が弱くなったとみて嵩《かさ》にかかっているのだ。徹底的に尻の下に敷いて亭主をへこたれさせ、やがて天下を取ろうとしているのだ。

親戚友人は見かねて、意地を張らずに昔の恩義など忘れなはれという。そんなことをつづけて何のトクがあるのか。この世はすべて損得だ。トクを取りなはれ、トクを取れという。

小泉首相が靖国参拝をやめれば、中韓はそれで一切のわだかまりを消してくれるのだろうか？　靖国参拝をやめれば次に歴史教科書問題を出してくるのではないのか？　では教科書をおっしゃる通りに改めますといえば次に、尖閣諸島問題が出てくる。

「ハイハイ、尖閣諸島は日本のものではありませんでした、中国サマのものでした」

と認め、

「ハイハイ、東シナ海ガス田からも手を引きます、どうぞそちらさまでお使い下さい」

と譲り、

「ハイハイ、台湾独立の味方なんかいたしません。地図の色もひと色にします」

と謝り、

「反日デモで壊された日系の店舗や大使館の損傷の修理はこちらでやります、やります。どうかご心配なく」

と阿《おもね》り、

「国連常任理事国になるなんて、そんな大それた望みは捨てます、捨てます」

と全面的に降参した上、

「これはこれは呉儀サマ、お帰りでいらっしゃいますか。まことに残念でございます。ではお気をつけになりまして……ご機嫌よう。さようなら、失礼申し上げます」

とにこやかに見送り、それから……

それからほかに何かあったかしらん。どこまでつづくイチャモンぞ。私はこのイチャモンの行末を見届けたくなる。

「そんなバカなことをいうのはいい加減にしなさい」

と私は識者なる人にえろう叱られた。

「それでは日本は後進国、いや、それ以下になるじゃありませんか。中国の属国です。奴隷です。属国とはどういうものか、知っていってるんですか！」

そりゃあ、およその見当はついているけれど、イチャモン聞くのはほとほとイヤになった。何でもいい私は静かに暮したい。アジアの三等国？　属国？　いいじゃないか、それでも。日本はもう一度、どん底を味わった方がいいかもしれない。勝手に飽食しておいてダイエットだ何だと騒いでいる女たち、自分の思い通りにならないからといってすぐにキレて人殺しをする若者、学校へ行くのも働くのもいやで親がかりでのらくらし、しかも何がいやなのかと訊けば、その理由が自分でもわからんのです、と恥かしげもなくいう若者、それをまたあれこれ分析して、おとなは咎めるばかりでなくそのキモチをわかってやらなければいけない、などという識者、生徒を叱れない教師、叱ると文句をつけにくる母親、それを傍観している父親。やれ負け犬だの勝ち犬だのと、どうでもいいことをいって暇つぶしをしている手合。女性専用車を作らねばならないくらい、女と見ればさわりたくなる男ども……。この日本人の堕落、衰弱を一掃するには中国の奴隷になるのがいっそ早道かもしれないと私は愚考する。

小泉首相が靖国参拝することには、日本を軍事大国にしようというハラが窺える、と中国は決めつけている（フリをしている？）ようだが、中国さんよ、日本人のこの実情をよく見て下さいといいたい。心配ご無用。万一、徴兵制度を復活させるということになれば、どうなるか？　若者の大半は反対デモをやるなら頼もしいが、大半は逃げ出してアメリカあたりへ亡命するでしょうよ。ヨン様にたかる日本女を見て下さい、日本の男には魅力がないと平気でいい立て、ヨン様には手が届かないからとて、韓国お見合ツアーに出かけていくという有さま。それを指を銜《くわ》えて（ないかもしれないが）見ている男たち。

——そんなことはすべて見通している。腰の抜けた日本になったからこそ、我々はここぞとイチャモン攻勢に出てるのさ、と向うは作った怒り顔の蔭でニンマリしているのかもしれない。

私は思い出す。六十年前の敗戦の焦土を。焼野原の中、あっちこっち、家を焼かれた人が焼柱や焼板で造ったほったて小屋、あるいは残った防空壕の跡で暮していた姿を。防空壕の盛り土の上を這っているかぼちゃが黄色い花をつけ、照りつける真夏の太陽の下に暑くるしくも頼もしく咲いていた。頼もしく感じたのはその花はやがて貴重な実となって人々の空腹を満してくれるからであった。

子供らは煮しめたようなシャツにボロズボン、アメリカ兵と見れば、

「ギブミー　チョコレート」

「ギブミー　ギブミー」

と叫んでいた。

彼らの母親たちは来る日も来る日も家族に食べさせる物を手に入れようと、袋を担いで西へ東へと奔走した。もの乞いのように農家にへつらい、哀訴して、それでもタダで貰うわけではなく高い金を払って（最悪のインフレゆえ、金だけではいい顔をされないので、着物や時計などをお土産としてつけ加え）やっと手に入れたさつま芋や小麦粉の入った袋を担いで帰ってくると見張りの警官に没収される。うまく逃げるためには、目はしが利き、機敏でなければならない。妊婦のふりしてお腹に米袋を括《くく》り

つける人。赤ン坊に見たてた小麦粉の袋に帽子をかぶせそれを背負った上にねんねこを着て汗みずくの人。みんな夫のため子のため、なりふりかまわず走り廻った。

男たちは職もなく希望もなく、栄養失調の青黒い顔にヨレヨレの戦闘帽をかぶってデコボコのアルミニウムのコップで、一杯十円の「栄養スープ」なるものを立ち飲みしていた。その栄養スープなるものは、アメリカ進駐軍の食堂から出た残飯に水を加えて大鍋で煮たドロドロで、食堂の残飯であるからエビの尻尾、時にはフォークが入っていたりした。そういうものを腹の足しにして男たちは頑張ったのだ。散々戦線で戦い疲れた揚句のそんな日々だった。

だがそのうち防空壕の屋根に這っていたかぼちゃは消えた。防空壕そのものもなくなった。風が吹けば飛びそうではあったが、バラックの家がチラホラ建ち始め、いつとはなしに街は活気づいて行った。学帽をかぶった大学生が学資のために三角袋に入った落花生を並べた箱を首から提げ、一個五円だか十円だかで売っていたその姿を思い出すと、私は今でも涙が溢れる。

あの時代、開国以来日本が最も惨めだった時代、日本人は日本再建のために一人残らず渾身の力を振った。兎小屋に住む働き蜂と西欧の人から揶揄されながら、耐え難きを耐え忍び難きを忍んで日本復興を遂げたのだ。

それをなし遂げた人たちは今、八十歳後半から百歳を過ぎた人たちである。その人たちの力を私は決して忘れない。日本民族が持っているその力は世界に比類のない底力、優れた精神力である。その力は現代の日本人の中にも必ずある。私はそれを信じている。今は物質的価値観と豊かさのためにその力が眠らされてしまっているだけなのだ。それを信じるからこそ、私はこの国がもう一度「どん底」に落ち、そうしてそこから立ち上る日を夢見るのである。

「柴刈り縄ない
わらじをつくり
親の手を助《す》け　弟《おとと》を世話し
きょうだい仲よく孝行つくす
手本は二宮金次郎」
子供らがそう歌うようになるのも悪くないではないか。

何かというと二言目には国益、国益という政治家。国益ばかり考えているうちに、日本人の精神は衰弱していく。

過日、NHKラジオを聞いていたら、「男は掃除に向いている」という意見を述べている「生活評論家」がいた。男に向いているのは、まず、ガラス拭き。それから風呂洗い、庭の草むしりだそうで、窓ガラスを拭く時は洗剤など使わず新聞紙でやれば簡単です。ガラスを濡らしておいて丸めた新聞紙でキュッキュッと拭けば、新聞のインクが汚れを取ってくれて、インクの油によって汚れがつきにくくなります。右に三回廻し、左に三回廻す。力を抜いて廻します。草むしりは雨上りが最適です。風呂洗いは体力が必要なので男性に向いています。手が大きいから大きめのスポンジを使うとよろしいです……。

アナウンサー「なるほど、これで男性はモテモテになるというわけですね」

心ある読者よ、これで私が「日本はどん底に落ちよ」説を唱えるキモチ、わかるでしょうが。

この道は誰もが通る道

無口というか不愛想というか、必要がなければしゃべらないという中学生になった孫の桃子が、どういう風の吹き廻しか書斎にやって来た。

「おばあちゃん……どう思う?」

と手にした写真帖を開いて見せる。どこかで見たことのあるようなないような、若者の写真である。横を向いているのや正面やいろんなポーズをとっているのが、六枚ばかりある。どれも同じ人物だ。孫は、

「どう?」

と言う。

「何だい、これは?」

と私。どう? といわれても特に感想はない。この年になると、この頃の若い男はとびきり変った顔でない限りみな同じように見える。

「この人、知らないの？　テレビで見たことない？　あるでしょ？」

「あるといえばあるし、ないといえばないし……」

「知らないの？　アイドルよ」

「アイドル！　何のアイドルなの」

「だからアイドルなのよ」

「だから、どういうアイドルかって訊いているのよ。アイドルって言葉は人気者というような意味でしょうが。アイドル歌手とかアイドルタレントとか、この頃はお笑い系アイドルってのもいるらしいけど」

といいながら写真を眺める。孫は横からその私を見つめ、

「ねえ、どう思う？」

としつこい。

「べつにどうも思わないよ。フッー」

そういって話を終えたつもりだった。だが孫はいつもならこのへんで「ふーん、フッーか」といって引き下って行くのに、

「フツーってどういうことよ？」

と喰い下る。仕方なく、

「真面目そうだね、それにおとなしそう」

という。

「それから？」

「それだけ」

「もっとちゃんと真面目に考えてよ」

と、いつものムッツリ人間がやけによくしゃべる。

「いったい、この人は何者なのよ？　それを聞かなくちゃ十分な感想はいえないわ」

「この人、Ｖ６の長野博っての」

「ブイシックスてなんだ？」

「おばあちゃん、Ｖ６知らないのォ」

と孫は大仰に驚いてみせた。

「もしかしたら、歌いながら踊る男の子のグループのこと？　そのメンバーなの？」

「そうよ。わかった？」

「じゃあ、ＮＨＫで近藤勇を演《や》った人の仲間やね」

「近藤勇？……違うわよ、あの人はスマップの人よ」

「そんなら、あの、ほれ、プロ野球の開幕の時だったかな、その時に君が代を歌って、それがひどい音痴で、観衆も選手も思わず笑い出したっていう……あれはなんていったっけ、城島……？」

「それなら城島じゃない。中居でしょ。中居はスマップの人だけど、城島はトキオの人よ」

「トキオ……！　そういうのもあるのか！」

「そうよ、スマップ、トキオ、Ｖ６、嵐、キンキキッズ……それにニュースとか……」

「ふーん」

まったく、ふーんとしかいいようがない。

「ずいぶん、沢山あるんだねえ。しかも男ばっかり。女は一人もいない。男ばっかりの歌のグループがこんなに多いということは、女の子の間にそれだけの需要があるということなのか、それとも供給すれば女の子ってのは引きずられるということなのか……この問題は研究の余地がある……」

「なにいってんの、おばあちゃん。それよりわかったの？　ちゃんと憶えた？」

「わかってる。城島は音痴って顔してるけど、そうじゃなくて音痴は中居でスマップ。近藤勇もスマップ。城島はスマップではない」

さっきいわれたトキオという名をもう忘れている。孫は小癪にもそれを察し、

「城島はどこの人？　なんてグループ？　いってごらん」

「彼はもしかしたら百人の見張りをかいくぐって、罐蹴りをしていたグループ？」

「そうよ。なんて名？」

「ソーラーカーで日本を海沿いに走ったりしてる？」

「そうよ。でも城島は運転が下手なのよ。V6の長野くんは上手だけど。MOBIという車専門の番組で司会してたし、大型車の免許も持ってるの。大型車をバック駐車場に入れることが出来るんだもん！」

と我がことのように自慢顔になる。これでどうやら城島の所属グループの名前を答えなくてもすみそうになって、ほっとする。

グループサウンズ全盛時代、タイガースのジュリーやテンプターズのショーケン（娘は「古いねえ」というけれど）。あの時代の歌手やタレントの名前ならすらすらといえる。だがその後次第に顔は見知っているが、名前がすぐに出てこないという状態に沈み始め、今ではテレビで顔を見ても歌手なのか、お笑い系なのか、俳優なのか、モデルなのか区別がつかなくなってしまった。

かつてお笑い系はまさしくお笑い系の顔をしていたものだ。ハンサムがお笑い系にいるなんて、あり得ることではなかった。だが今はハンサムのくせにお笑いの世界に入るなんてどういう料簡だ、といいたいようなハンサムや美人がいる。歌手と俳優の間にもいうにいえぬ微妙な違いがあった。だが当節はそれがゴッチャになってきた。そこへもってきてテレビは（安上りを狙ってか）素人を起用することが多くなり、タレント風素人美人というのが増えてきた。もう誰が誰やらわからない。歌手でも芝居をする。俳優が歌う。タレントかと思うと女医だという。弁護士がタレントになりかけている。何を業《ぎょう》としている人かわからぬ人が、ワイドショーのコメンテーターになっている。総じて軽焼煎餅みたいになっているので（なる方は簡単でいいかもしれないが）、対する方はその雑多な顔と名を憶えるのに苦労する。テレビを見ながら、

「あの人、なんて名前だったっけ？」とか、

「あの人は何者？」

などと娘や孫に訊ねることもだんだんしなくなった。何度も訊いては何の落度があって、このように噛んで吐き出すようないい方で答えられなくてはならないか、と憤然となるが、同じことを何度も何度も訊かれてはそういう気持にもなるだろう（と昔、父が呆け始めた頃の私がそうだったことを思い出し）と考え直し、そうして誰が誰だか、何が何だかわからぬままに諦めて凝然と見つづける。

かつて、尊敬する稲垣足穂大先生が、山口百恵は好きですか嫌いですかと訊かれて、「馬や牛や鶏の顔が区別つかんのと同じように、歌手なんぞ、誰が誰だか全くわかりません」といわれた、という記事を読んだことがある。その堂々たる言葉を思っては

「そうだ！　わからなくても生きていく上で困ることは何もないッ！」と心に叫んで孤独に耐えるのである。

そんなところへ「Ｖ６の長野博」なる人物が現れ、好むと好まざるとに拘らず、その名前を憶えさせられるという厄介なことになった。その名ばかりか、Ｖ６のメンバーの顔と名前も憶えなければならない。

「おばあちゃん、大丈夫？　昨日、憶えたこと、忘れてない？」

と孫がやってくる。夏休みなので孫は暇なのである。

「いい？　じゃ訊きますよ。Ｖ６のトニセンとは？」

「トニセンはトゥエンティースセンチュリーを略してトニセンという（昨日、憶えたことを、忘れぬうちに急いで答える）。Ｖ６の中の年上の三人のことで、その中に長野博くんも入っています」

「その三人の名は？」

「だから長野くんもトニセンの一人ですよ」

とごま化す。あとの二人の名前はきれいに忘れているので。

「年下の三人がカミセンで、これはカミングセンチュリーの略ね」

「ではいって下さい。カミングセンチュリーの三人の名前を」

うるさいな、そんなものいちいち憶えていられるかいな！　この複雑困難な時代、世界の情勢に耳目を広め日本の前途を考察しているこの身である。トニセン？　カミセン？　そんなもん知るかいな。

といいたいところであるが、孫に訪れた最初の「春の想い」だ。そう思うとぐっと呑み込んで、ああ、早く夏休みが終らないかなァ……ひそかに思う。


思い廻らせば三十年も前、この孫の母、響子が中学一年生の時のことだ。響子は郷ひろみが好きになった。郷ひろみの前は左官屋の息子である上級生の何とか君（その名を私はもう忘れている）を好きになったといって騒いでいたが、ある日二人でスケートに行ったところ、その何とか君が通路でツルリとすべって仰向けにひっくり返った。それを見た途端に忽ち熱が冷めてしまった。可哀そうにひっくり返ったくらいでイヤになるなんてひどいじゃないか、というと彼女は、スケートリンクですべって転んだのなら許せるけど、通路で転ぶなんて許せない、と冷然といったのだった（全く女というものはかくも油断がならないことを男性諸君は知っているだろうか）。

郷ひろみを好きになったのは多分その後だったと思う。たまたまオール讀物編集部の担当編集者だったFさんがそれを知って、では郷ひろみに会えるように取りはからいましょうか、といってくれた。そして日本テレビに郷ひろみが出演する時に、その合間を見て楽屋で会えるということになった。

一人では心細かったらしく、娘は横山さんという仲よしと二人で会いに行くことにした。それを知ったクラスメイトたちはみんな羨ましがって、せめてサインを貰ってきてほしいといって我も我もと色紙を買ってきた。その数は三、四十枚もあったという。

夕方、娘はへんに浮かぬ顔をして帰って来た。

「どうだった？」

と訊いても、はかばかしく答えない。間もなくFさんの親切で楽屋で撮った写真が送られてきた。左に郷ひろみ、それから一人分くらい間隔を置いて娘と横山さんが窮屈そうに肩を並べている。二人ともニコリともせず、緊張のためか仏頂面である。

「どうしてこんなに間を空けて坐ったの？」

といったが黙っている。どうやら郷ひろみは不愛想のきわみという様子だったらしい。

そりゃあそうだろう。人気絶頂の郷ひろみにしてみれば、ファンなど珍しくも有難くもないのだ。しかも二人揃ってもっさりした中学生。それでもひろみさまに会えて嬉しさに弾けた笑い声を上げるとか、明るく話しかけるとか、可愛らしくすれば彼の方も少しは弾んだだろうが、二人はガチガチに固まって何もしゃべらず、しかもサイン用の色紙を山のように抱えている。それを見ただけで彼はムッとし、いやになったに決っている。

仕方なく色紙にサインはしたけれど、当然一枚ずつである。つまりケンもホロロのあつかいだったのだろう。娘は郷ひろみのことを二度と口にしなくなった。左官屋の何とか君の時と同じだ。熱するのも早いが冷めるのも早い。

ところでクラスメイトから預かった色紙はどうなったか。

「ヨコヤマと二人で書いたのよ！　仕方ないじゃない」

と娘は憤然と答えた。

「書いた……って？　どうやって？」

「だから、ひろみのサインの真似して練習したのよ。ヨコヤマと二人で。それから色紙に鉛筆で下書きして、その上をサインペンでなぞったのよ」

「四十枚書いたの？　二人で？」

「そうよ！　日曜日一日つぶしたわ」

「それをみんなに渡したわけ？　郷ひろみの直筆だという顔して？」

「そうよッ。だってみんな、わざわざ色紙を買ったんだもん。お金かけてるんだもん……」

「それでみんな、喜んだの？」

「そうだと思うよ……でもね」

暫く間をおいてから娘はいった。

「一人だけね、ノコノコやってきてね、こういった子がいるんだ。『郷ひろみはサインする時、わざわざ下書きするの？』って。はじめのころは下書きの鉛筆の線、ゴムで消してたんだけど、だんだん面倒になって、そのまま渡したのがあるの」

「その子は見破ったわけ？　それとも素直にそう思ったの？」

「知らないわよ！」

娘は投げやりにいってから、気をとり直したようにつけ加えた。

「その時、その子の目がね。『サインするのに下書きするの？』といいながら、笑うような笑わぬような、半月みたいな目をしてじーっとこっちを見たわ」

それで響子はどうしたの、と訊くと、

「いう言葉が見つからないんだもん。こっちも笑うような笑わぬような、半月の目になってたと思うんだけど、黙って見返してたんだ。仕方ないでしょ！」

先日、久しぶりに娘とこの思い出話をした。娘は四十五歳になった今でも、郷ひろみのサインは書けるわよ、といい、あり合せの紙に「郷ひろみ」と流れるような字を書いてみせた。

誰もがそれぞれの青春を持っている。時が移り時代が変っても、同じ青春の始まりがある。それはどんな形であれすべての人が通る道であって避けては先に進めない。さよう、この私にもその道があった。小学校六年生頃のことである。姉が買ってきた映画雑誌の中に私は二枚目俳優上原謙の写真を見つけ、この世にかくも気品のある美男子がいたのかと思わず見惚れ、すっかり魂を奪われてしまった。上原謙の映画を見たこともなく、写真だけの初恋である。姉の部屋に忍び込んでは毎日、映画雑誌を開いていた。

そのうち同じ雑誌に佐野周二という、上原とはまるっきり趣の違う、野性味のある美男子を見つけた。そうして私は悩んだ。上原を取るか、佐野を取るかに迷い悩んだのである。雑誌を繰って上原を眺め、また頁を繰って佐野を眺め、そうして溜息をついた。

ついに私はその悩みを姉に打ち明けた。すると姉はこともなげにいった。

「そんなもん、どっちにしたかて、どうちゅうことあらへん！」

その通りである。どっちにしたってどうちゅうことはないことに、真剣に思い悩むのが青春の始まりなのだ。

孫は今日もやって来ていう。

「おばあちゃん、長野さんの年、幾つだと思う？」

そんなこと知らないよ。べつに知りたくもないし、怺《こら》えて、「幾つ？」と訊く。これ祖母心。

「三十二よ」

「ふーん、若く見えるねえ」

「三十二には見えないでしょう」

「そうだねえ」

「幾つにみえる？」

「うーん、どう見ても二十代だわね」

「二十……幾つくらい？」

うるさいな。こういう不毛の会話は私は好かぬのだ。

「とにかく三十二じゃ奥さんや子供がいるわね」

「それがいないの。だってアイドルなんだもの。アイドルは結婚しないの」

「そんなこと決ってないでしょ」

「決ってるの、社長がそう決めてるの」

「そりゃウソだわね。家に帰ると、ハナタレ坊主が『おとうちゃん、おかえりィ』って出てくる。『ただいまァ。いい子してたかい』と抱き上げると、たれた洟水がシャツにくっついてスーッと糸を引いたりして……」

「やめてよ、勝手に作り話をするのは」

「台所では奥さんがニラレバ炒めかなんか作ってて、その匂いが家中に流れてる。『やァ、ニラレバ炒めか、うれしいな』なんて……」

「よしなさいよ、いやがらせは。ホント、おばあちゃん、悪い癖だよ」

「アハハハ」

「アハハじゃないわよ、ほんとうにこの人は独身なんだってば」

「よしんば独身だったとしても、桃子とはカンケイないでしょうが」

「そうよ、カンケイないの。でもいいの、わたしは好きでいればそれでいいの……」

孫はいい捨てて向うへ行ってしまった。四六時中、持ち歩いている手提げを持って。その中に何が入っているのやら。見ていると向うのソファで、中から例の写真帖を出して眺めている。眺めているその目と口もとがひとりでにニマーとゆるんでいく。

第3章

雀百まで

雀百まで

例年通り七月に東京から北海道浦河町へ来て四十日余り経った。地元の人は「よく来るねえ、こんなところに」と半ば呆れたようにいう。「こんなところ」というのは、この町を卑下しているのではなく、私の家が土地の人でさえ「こんなところ」といいたくなるような山の中腹の一軒家だからである。

この一軒家で夏を過すようになってから、今年で三十一年目になる。三十一年の歳月を経て私は老い、家も同じように風雪に晒されて老いた。

外見《そとみ》は元気だが見えないところに侵蝕が広がっている点、私も家も同じである。

「お元気ですねえ、八十二歳には見えません」

といわれることがあるが、この家も、

「たいしたもんだ、三十年も経った家とは思えない」

とよくいわれている。人の見る目なんてそんなものだ。本当の姿なんてそうた易く見えるものではない。自分の本当の姿でさえあらましじかわからないのだから。人も物も時間と共に変化する。その変化の中にいる限り、「本当の姿」などわかるわけがないのだ。だから我々は「本当」を追究せずに、外見の感想をいって簡単にすませることにしている。

この家は過去に二度、大きな地震に見舞われている。一度目は食器棚が倒れ、二度目は鏡台がひっくり返って、枠から外れた鏡が細々になった。一度目の時に居間の壁に入ったヒビが、二度目の地震で大きく広がった。しかし家はしっかり建っている。それで人々はいった。

「たいしたもんだ。いまだにビクともしねえもんね」

しかし三十一年目の今年、いつも魚を持って来てくれる漁師のMさんが元大工だったというじいさんと連れ立って来て、例によってこんな風当りの強い所でよくまあこの家も頑張ってるもんだ、という話になったのだが、元大工のじいさんは家のあちこちを見ながら、この壁の奥の木がどうもおかしい、ここの根太《ねだ》もやられてる、などといい出した。出来れば今のうちに手を入れた方がいいといった。私は、

「やっぱりね」

と頷いただけで、気持ちは動かない。

私の身体だって病院で精密検査を受ければ、あっちもこっちも老朽しているのがわかることだろう。しかし生来のせっかちと大声のために、人はみんな私が若く元気だと思っている。姿勢がいいですね、背中がピンと伸びている、と褒めてくれる人がいるけれど、長い時間腰をかけていた後で立ち上ると、腰は曲ってすぐには真直にならない。硬直した腰がゆるむのを待ってから歩き出せばいいのに、せっかちなのですぐに動き出さずにはいられず、くの字になりかけたまま無理に歩いているうちに、少しずつ腰が伸びていくという寸法だ。しかし人は、

「タッタッとお歩きになる」

と感心している。せっかちが身についている私は歩幅が大きいだけのことなのである。

だが実をいうと最近、急いで何かすると心臓が騒ぎ始めることに気がついているのだ。俯くと特にいけない。身体を真直に立てていればいいのだが、斜めにひねったり

ふり返ったりしただけでよろめく。何ごとにも億劫さが先に立つ。左眼の白内障が手術して七年経って再発している。右手の腱鞘炎は殆ど慢性化している。朝晩血圧を測ることが（朝は起きると洗顔するように）習慣になっているが、血圧計に現れる数字に一喜一憂することもなくなった。前は気に入った数値が出るまで何回も測り直したものだったが。それから……そうだ、どうやら耳も遠くなっているらしい。娘からよく「どうしてこんな音量にするのよ！」といわれるから。そしてそれから……そうだ、坐ろうとすると左膝が痛い。無理に坐ってもすぐに我慢出来なくなる。それから……それから……。

なにもそんなことを絞り出すように考えなくてもいいじゃないかといわれそうだが、こうして並べていくと、とことん並べたくなるのが私の性《さが》らしい。つまり、この家と同じように私も人目につかないところでボロボロになりかけているのである。

ここへ来て四十日余り。毎日、私はロッキングチェアに身体を預けて、周りの景色に目をやっている。山の中腹の一軒家だから大空も海も山脈も草原もすべて一望出来る。南は太平洋、北は日高山脈、西はこの町と隣町を劃《くぎ》る低い山なみ。その麓の集落。

そこから広がる牧場。一日に何回か往復するだけの汽車の（今は電車だがあえて汽車といいたい）単線。すぐ目の下の放牧場でひねもす草を喰《は》む七頭の馬たち。

晴れても曇っても変らぬ風景だ。時々濃霧が湧き出して一切が乳色の帷《とば》に包まれてしまう。そして気がつくといつかは薄れて蜃気楼のように野や山や集落が浮かび上ってくる。

海だけが毎日変る。灰色ただ一色に広がって空とひとつになっている時もあれば、紺碧の絹に白いレースの縁どりがやさしく岸辺に揺蕩《たゆた》うていることもあり、荒々しい波頭が嚙み合いながら打ち寄せ砕けていることもある。

「おばあちゃん、どうしたの？」

と孫がいう。

「どこか悪いの？」

ばあさんの動静など気にも止めたことのない孫がそういうところを見ると、いつも大声のおしゃべりが黙って動かぬさまは異様に見えるのかもしれない。

ここにいれば大声でしゃべり立てる必要がない。変らぬ景色に向っては何のいい分もないのである。

心は鎮まってシーンとしている。

遥々《はるばる》来たものだ、という感慨が心地いい。といっても遠い北の地に来たという感慨ではなく、この年まで遥々生きてきたという感慨だ。人間は自然の中に身を置くとこうなるのか。老いるということはこうなっていくということなのか。


ここにいると東京は本当に遠い。東京という文明社会の動静は新聞とテレビを通して知るだけである。郵政民営化法案に反対票を投じた党議員を非公認にして、解散に打って出た小泉首相についてどう思うか、と東京からの電話で訊かれたが、とり立てて述べたい意見はない。中山あい子なら、

「よくやるよォ」

というだろうなァと思うだけだ。大阪風にいうなら、

「えげつないことしやはる」

というところか。もし東京にいたなら「しかし改革にはえげつないことも必要で

しょう」などとしたり顔にいっているところかもしれない。

そのうち総選挙に向って反対議員の当選を邪魔する「刺客」なるものが登場してきた。するとまた文明社会からの電話が「刺客」についての意見を求めてくる。東京ならばここで何やかやしゃべるべく脳味噌をフル回転させるところだが、ここではただ、

「玉やァ……鍵やァ……」

花火に興じる江戸庶民の気持だ。

テレビを見ると刺客を請け負ってはり切っている人、さし向けられてカンカンになっている人、それを論評している人などが次々に出てくる。私はそれをぼーっと見ている。小泉首相を横から見ると木馬に似ているなあ、と思う。田中長野県知事がいつもヤッシーくんを襟につけているのはどういう意味なんだろう？　いつか聞いたような気がするが、忘れてしまった。顔が何となくヤッシーくんに似てきていはしないか？　そんなことも思う。といってもヤッシーくんを近くで見たことはないが。

党首討論会で社民党福島党首が発言しようとしゃかりきになればなるほど司会者から無視されている。こんなにしゃかりきにならなければ司会者もここまで意地悪はし

ないのではないかと思うが、それでも屈せず最後まで頑張るその姿、その声。（黙殺したくなる司会者の気持はわからぬではないが）その一所懸命さが傷ましくもあり面白くも感じられる。「一所懸命」は私の人生を貫いてきた姿勢だったのに。

今の私がかくありたいと思っている老いの姿は「なりゆき任せ」である。ソンだのトクだのみっともないだの怪しからんだのから卒業したい。喜怒哀楽を超越し――というよりはもろもろの現象に感応しなくなって、半ば呆け、半ば達観して、はァはァ、よろしいよ、なんでもよろしいよ、とニコニコしていう境地に入りたい。この大きな自然に囲まれているとそんな理想の姿に近づいているような気がするのである。

ここへ来る前、東京で私は「銀行怪しからん論」を盛にぶっていた。長旅に出るので一万円札を七万円分千円札に両替しようとしたら、手数料を取られた。五万円までは無料だがそれ以上になると三百十五円の手数料が必要なのだ。自分の金だよ。貸してくれといってるんじゃないよ。自分の金を細かくするのになぜ手数料を払わなければならないのか。この分では今に払い戻しも手数料、預け入れも手数料、銀行に入る時に入場料を取られることになるんじゃないか、と息巻いていたのだ。

だが今はそれも遠いあちらの文明社会のことだ。それぞれの必要があって、それぞれが頭を絞ってるんでしょうね、いや、ご苦労さん、という心境になっている。

そんなところへ漁師のMさんが大蛸を持ってやって来た。

「それで、どうするんだ？」

いきなりいう。それが当地のやり方だ。

「何の話？」

「いや、この家のことだけどさ」

この前来た元大工のじいさんが心配していたという。今は住んでいられるが、ほっとくとそのうち手のつけようがなくなる。ここはとにかく海からの風、山からの風が強い。それに地震で大分、家が傷んでいる。後になって早目に直しとけばよかったと後悔することにならなければいいが、と。

「うーん」

と私は唸るだけだ。この際、余計なことはいわないでほしい。私は静かに暮したい。

「けどねえ」

と私はいった。

「私ももう年だからねえ。そのうち死ぬだろうから……大金かけて改修して死んじまったんじゃソンだからねえ。壊れたら壊れた時のこと。なりゆき任せがいい……」

「ソン？　そうか……」

Mさんは私の顔をまじまじと見ていてから、

「やっぱ、変ってるね」

と呟いた。

「どっか、悪いとこあんのかい？」

「この家と同じよ。見た目は元気そうだけど検査したらどっかこっか、ボロボロがわかるに決ってる。来年は来られないかもしれないことだって考えておかなくちゃ」

「そんな弱気なこといわねで」

とMさんは急に情けなさそうな声を出した。

「弱気？　そんなんじゃない、現実的なだけよ、私は」

「現実的？　何のことだァ？」

困ったことに人間は生れてくる時は大体の見当がつくように出来ているけれど、死ぬ時はどんなエライ人にもわからない、と私は説明を始めた。

死ぬ時がわかっていればそれに見合う暮し方が出来るのだが、一寸先は闇だから不自由だ。私の知り合いに八十六で五百万もする総入歯を作ったと思ったら、間もなく病気になって流動食から点滴になって、五百万の総入歯は十日ほど使っただけで死んでしまった人がいる。その人が死ぬ前に娘さんにいったそうだ。こんな入歯、作らなきゃよかったと。冥途の障りにならなきゃいいけれどと娘さんは泣く泣くいっていたが、これが女というものなのだ。

そういうとMさんは「入歯と家とは違うべよ」と呆れ果てたようにいう。

違わない、同じだ。どんな時でもこの出費が生きるか死金になるかを考えるのが女というものなのだ。世話になった先輩が死んだので香典の額を決める。その時、女房はこう考える。あの人の奥さんが亡くなったのなら一万円包むけど、ご本人だから五千円でいいんじゃないか、と。

「なんだい、それは」

「現実的というのはこういうことだといってるのよ。もっともこの頃は男でもそう考えるのが増えてるらしいけど、男の女性化とはこういうことをいうんだわ」

「そりゃ、つまりこういうことなのかい？　死んだ奴に用はない……」

ひでえもんだ、といって首をふりふりMさんは帰って行った。傍で聞いていた孫、

「おばあちゃん、元気になってきたんだね」

という。死んだと思っていた虫にちょっと触るとムクムク動いて走り出す。そんなものだな、私は……と思う。

翌々日、Mさんはまた蛸を持って来てくれた。Mさんは蛸取り専門の漁師なのである。前にもらったのがまだあるからいいといっても持ってくる。

今度は家の話はせず、駒大苫小牧高校野球部が部長の暴力行為のために折角の優勝が取り消されそうになっているという話を始めた。Mさんのイトコの息子が苫小牧高校にいるとかいたとかいうことで、心から心配しているのだった。この事件のために札幌で予定されていた優勝報告会は中止になった。優勝そのものも取り消しになるか

もしれない。そうなれば今後の高校野球大会への参加も出来なくなる。

「何なのよ、それは……部長が部員を殴っただけでどうしてそんな大ごとになるの？」

思わず乗り出してしまった。

「知らねえ。わからね」

とMさんは首を振ってしょげ返り、その上に野球部の監督はアジアAAA野球選手権とやらの選抜チームのコーチを辞退することになり、同校野球部がこの不始末を高野連に報告するのが遅れたのがイカンと、高野連から警告された、という。

「高野連？　高野連って何なの？　何でこんなにえらそうなの？」

「知らね。わからね」

と首を振る。部長の暴力行為とはどんな行為なのかと訊くと、一回目は練習態度が不真面目だったから殴った、二回目は夏バテ防止のために飯をどんぶりに三杯食えというのをいわれた通りにせずごま化したので、スリッパで殴った……。

「練習態度がどんなふうに不真面目だったのよ？」

「それはわかんね」

「殴るからには不真面目さがあんまりだったんじゃないの？」

「わからねス」

「その部員はもともと不真面目な生徒だったんじゃないの？　いくら口でいってもダメな奴は殴るしかなくなるのよ。情熱があればそうなってしまうのよ。その部長は松の廊下の浅野内匠頭の心境だったんじゃない？」

「それはよくわからね」

改めて私はMさんが持ってきた新聞を見た。日本高野連の参事なる人が、

「ゆゆしきことだ。指導者が暴力をふるうと部員間の暴力も防げない、大変深刻に受け止めている」

とコメントしている。それから更に、高野連が開いた審議委員会とやらの結論として報じられている。

「部長の暴力について日本学生野球憲章で処分の対象となる『野球に関する個人としての非行』に当ると判断。野球部については事件後速やかに報告されず、告発で明るみとなったことは（この文章はいったい何？　と私はMさんにいう）健全な高校野球

を目指す上で大変遺憾である』と結論した……」

こういうのを事大主義というんだわ！　と私の声は大きくなった。

「喧嘩両成敗ということがあるじゃない。どうしてこう一方的に結論を出すの！　新聞はいったい何に雷同しているのか。何が何でも暴力を否定してさえいれば、我が身安泰ってこと？」

私の見幕にMさんの目は困り果てたように虚ろになりかけている。

「だいたいね、高校生にもなってて、殴られたことを親にいいつけるなんて、女の子のすることだわ」

「わしらの頃はゼッタイ親にはいわなかったね。いったりしたら却ってどやされたもんね。お前《め》が悪いにきまってるって逆にまた殴られたもんだ」

とMさんは少し元気を盛り返した。

「そうでしょう。そうでしょう。そういうもんですよ。それでこそ子供は鍛えられるのよ。理不尽に耐えることも成長する上では必要なことなんだわ。何かといえば教育問題を口にする人にいいたいわ。この騒ぎでますます先生は生徒に対して腰が引けるわよ！　叱ることも出来なくなり、自信を失う。するという。今の教師は不甲斐ないってね。この親も親だわ。こんな騒ぎにして満足なのか。そのヒマに自分の子供を鍛えることを考えた方がいい！」

「いやほんと。そうなんだよね……そんじゃわし、帰るわ」

這々《ほうほう》の体というあんばいでMさんは帰って行った。

私は狐が落ちたようにロッキングチェアから海を眺める。ひと風呂浴びたような爽快な気持だ。昔とった杵づかとはこういうことをいうのだろうか。雀百まで踊りを忘れずとはこのことか。腎虚《じんきょ》を託《かこ》っているじいさんが行水女を垣間見て、思わずムラムラときて手を出す気持とはこんなものだろうか。

気がつくと身体の奥の方からふつふつと活力のようなものが湧いていて、病気は治ったという感じになっているのだった。

これでいいのだ！

秋風と共に北海道から東京に帰って来ると、会う人会う人、みな真面目に訊く。

「今年はどうでした？　おバケの方は……？」

と。

私の北海道のオバケ山荘もずいぶん有名になったものだ。科学信仰にどっぷり浸っている現代人の中にもどうやらこの世には科学で解明出来ない現象があるらしいと思う人が増えてきているようにも思えるのだが、あるいは内心面白半分の挨拶、半信半疑の好奇心からいっているだけのことかもしれない。

この山荘を建てて三十一年の間に私は生れて初めての超常現象というものを散々経験した。そのことについては今までに散々書いてきたので、ここではあえて詳述を避けるが、その土地はかつて（二百年前くらい？）アイヌの集落があった所で、そこへ押し入って来た日本の侵略者たちに無残に殺戮《さつりく》されたアイヌの老若男女の怨霊が地縛霊団となっていた、ということだけ承知して下さればいい。その怨霊を浄化するのに二十年かかったのだが、その経緯を知っている人たちが、今年はどうでした？　おバケの方は？　と訊くのである。私は、

「完全に鎮まりました。鎮めました」

と誇らしげに答えるのだが、本当は私の力で鎮めたわけではなく、古神道研究家の相曽誠治という神の力を持ったお方によって浄化されたのであるから、私が誇らしげにいうことではないのである。

かつては昼も夜もラップ音が鳴りしきっていた家の中はシーンと鎮まって何の気配も感じなくなって十年経った。実に二十年もの間、私はアイヌの怨霊と共に夏を過していたことになる。

「あなたという人はこうなるともう『変ってる』としかいいようがないわねえ……」

と友達はみないう。呆れるというよりは殆ど感心している。どうしてそんな怖い所へ毎年行くのよ、住む所がないわけじゃないのに、信じられない、と口々にいった。いったいなぜなの、と改めて訊かれても私は、

「なんでかねエ……」

というしかない。怖くないの？　と訊かれれば、それは、やっぱり怖かった。殊に風呂場から厠《かわや》にかけての一画が、ゆえなく怖かった。このゆえなくという独特の怖さは恐怖心の中で最も強いものだと私は思う。昼のうちはともかく、日が暮れてからはその前の廊下を通ることさえ怖かった。だから風呂に入るのはまだ日が高い四時頃と決めていた。夜が更けて床に就く前に厠へ行く時などは必ず娘と連れ立って、「天才バカボン」の歌を高唱したものだった。

「ボンボン　バカボン　バカボンボン

てんさーい　いーっかだ

バーカ　ボンボン」

そんな時になぜバカボンの歌なんでしょう？　変ってらっしゃると質問する人（子供の教育のために心理学を勉強しているという主婦）がいたが、そんなこと知るかい、と私はいいたかった。なんでかしらん、その歌を歌うとカラ元気が出る。私はそういう人間なのです……。

それしか答はないのだった。

だが今は風呂、厠、どこも怖くない。家の中は二度の震災で受けた壁のヒビ、天井のシミ、歩くと畳が沈む箇所など、満身創痍の趣ではあるが、広々したまあ、一見普通の家である。時々、モノが消えてなくなるけれど……。


それはこの家が建ち上った三十一年前の七月、東京から送ったダンボール八個が、七個しかなくなっていたことに始まる。数日して四枚あったシーツが三枚になっていたこと、停電に備えて持って来ていたアンティークの蠟燭立てがなくなっていたこと、テラスに揃えておいたスリッパが遠くへ飛んでいたことなど、三十一年も前のことを細かく憶えているのは、来る日も来る日も一心に捜し廻ったからで、それがその後この家に起る異変のプロローグだった。その異変は屋上をミシミシと歩く足音から次第にエスカレートしていき、そのうちもうモノがなくなったことなどいちいち気にしていられない瑣末事になってしまっていた。

前記したように二十年目に救世主の如くに登場された相曽先生の力でアイヌの怨霊

は完全に浄化されたのだが、にも拘らずモノが消えるという現象だけが残った。どうやらこれはアイヌの霊団とは別モノの低級霊（動物霊）の仕業らしいということになった。

高級波動を出す霊能力者は人霊を説き伏せて浄化させることは出来ても、動物霊に対しては力が及ばないことがある。相手の波動が低すぎるためであろう。ここは山だから色々な自然霊（動物霊）がいても不思議はない、といわれたことがある。またここは霊の通り路になっているので、通り過ぎていく霊もあれば、ここでちょっと寄り道をして、休憩していく霊もいる。賑やかな宿場のようになっているので、気に入って止《とど》まる霊もいるのです、といった人もいる。そういえばここの超常現象が起り始めて何年目かに、日本心霊科学協会の審神者《さにわ》の第一人者（故）大西弘泰氏と霊媒榎本幸七氏による招霊実験が行われたのだが、その時、いきなり榎本氏の手つきが狐のようになり、「自分を祀れ」と指示したことがあった。自分というのは狐霊である。

だが当時の超常現象のすさまじさは、とても狐霊だけの力とは思えない、という意見が出て、その託宣は無視することになった。

私としては「野狐の分際で祀れだと？　それどころか！」という気持だったのだ。今思うとその狐霊はもとからこの山にいて、アイヌの怨霊と仲よくし、その誼《よしみ》でアイヌ霊に協力し、ダンボールやシーツなど、専ら物を隠すことを受け持っていたのかもしれない。なのにアイヌ霊団は彼を見捨てて、さっさと天上へ上ってしまった。とり残された彼は寂しさ口惜しさを託《かこ》ちつつ、

「エイッ、これでもか！　これでもか！」

思いつくままにモノを隠しては、捜し廻る我々を見て、

「ざまァみろ！」

ク、ククと嗤って憂さを晴らしていたのかもしれない。

そう思うと私は口惜しい。あんまりあからさまに捜し廻るところを見せてテキを喜ばせたくない。だから昼寝布団とかズボンとか、必要なものがなくなっていることに気がついてもあえて捜し廻らず、さりげなく目玉だけを動かしてこっそり捜す、というテクニックを用いていた。そんなことしたって向うはお見通しよ、と娘はいったが。

そのうち（一昨年あたりから）テキは新手法を編み出した。一旦なくなったものが、

思いもよらぬ場所から現れるようになったのだ。

ある日のこと、食卓にしているテーブルで孫が宿題をしていた。昼食の時間になったので、さあさあご飯ですよ、宿題帳をのけなさい、といってテーブルの端に寄せさせ、食事を始めた。やがて食事を終え後片づけもすみ、孫が宿題にとりかかろうとしたら、それがない。宿題帳の上に載せた鉛筆も消しゴムもない。

さすがに目玉だけ動かして捜すというわけにはいかず、家中総出で捜し廻った。宿題帳は休み明けに先生に提出しなければならない。

「狐霊にやられました、なんていえないし、どういえば……」

と娘も心配している。

「泥棒に入られた、っていう？」

と孫。

「泥棒がなんで宿題を盗んでいくのよ？」

と娘。私は頭を絞り、空港の待合室で靴を置引きにやられ、その中に宿題が入っていた、という嘘を考え出した。

「やっぱりおばあちゃんは小説家だけあるね」

と孫は喜んで、娘と一緒に馬に乗りに出かけて行った。これで天下晴れて宿題をしなくてすむので上機嫌だったのである。

残った私は書斎で原稿を書き、数刻して居間へ出てきた。と、そこにある応接用のテーブルの上に、あの宿題帳が、鉛筆と消しゴムも一緒に、なくなった時の形そのままに置いてあるではないか。

それが始まりである。以来、モノは消えては別の場所に出現するようになった。もう前のように隠されっ放しではなくなったのだ。

いつだったか霊の世界に詳しい美輪明宏さんに、隠されたモノはどこへ行くんでしょうと訊ねると、「三次元と四次元の隙間に入るのよ」といわれた。だとすると、一旦、三次元と四次元の隙間に投げ（？）入れた宿題帳と鉛筆と消しゴムを、また取り出してきてテーブルに置くという、これは手間ひまかけた業《わざ》なのであろうか？

それは高等技術で、そんじょそこいらの駄狐霊には真似の出来ない高級テクニックなのかもしれない。ひと頃はモノを隠す力しかなかった。それが年と共に私という好敵手を得て切磋琢磨し、ついに到達した術なのだろうか。それに比例して私の方もだんだんに経験を積み、もはやどんなことが起きても驚かなくなったのである。

「あなたにかかると、怖い話や悲惨な話がみんなふざけ半分という感じになってしまう。どうしてなの？」

と訊く人がいる。

「どうしてといわれてもねえ……つまり、こういう人間なんですよ」

苛酷な現実をいちいちまともに受け止めていては身がもたないのだ。

神さまは私たち人間に「忘れる」と「馴れる」という有難い能力を与えて下さった。神は私にさまざまな試練を課されたが、その代りに人一倍多い「忘れる、馴れる」の能力を授けられた。私が数々の試練に耐えてこられたのは、そのお蔭である。私はそう考えて神に感謝しているのだ。友達は「そんなのただのノーテンキってことじゃないの」というけれど。そうだ、「ふざける」ことも、もしかしたら神さまが「おまけ」として与えて下さった才能かもしれない。

忘れて、ふざけて、馴れる——。

「なるほど、それが生きるテクニックですか」

テクニックだなんて、そんな生やさしいものではない。それは力だ。元気を出す源泉である。人生が苛酷であればあるほど、それは増幅される。それを私は身をもって知ったのである。


ところでこの夏の好敵手との試合はこうだ。

九月に入って娘と孫が東京へ帰ると私は一人になった。そこへ金盛さんという、かつて私の担当編集者で今は停年退職し、何をして食っているのかよくわからないが、いつも暢気そう暇そうにしているので、つい気易く頼みごとをしてしまう——という友人が来た。彼はいかなる事態にもあくせくせず、野心、出世欲、物欲すべてに稀薄(皆無?)で常に悠揚迫らず、暢気の見本。この人が死んだら間違いなく天国へ行く、と私はひそかに尊敬しているのだが、尊敬しながらその暢気さにつけ込んで気易く用事を頼む。その頼みごとに応じて、この夏彼は二度も遥々と山荘へ出向いてくれたのだ。

金盛さんはイカの刺身が好きなので、私は彼のために必ずイカ刺を出す。折しもこの町はイカ漁の最盛期であるから、獲りたてのイカに不自由しない。その夜、金盛さんは、

「うまいですなあ……うまいなあ」

といいつつイカ刺を堪能し、残りは明日の朝食べますから、とっといて下さい、といい残して二階へ寝に行った。私はそれをタッパーウェアに移し入れて冷蔵庫にしまい、それから少しテレビを見て寝に就いた。

翌る朝、イカ刺を冷蔵庫から出そうとしたら、ない。冷凍庫、野菜入れ、隈なく捜した。捜しながら、

「もしや？」

と思わぬでもなかったが、私の思い違いではないかという思いの方が強かった。この頃、記憶力に自信がなくなっていることに加えて、彼奴《きやつ》は他人のいる時にわるさをすることはかつてなかったからである。どっちにしたってたかがイカ刺だ。それほど

真剣に考えることもないという気持だったのだ。

だがその後、私はテレビのリモコンがないことに気がついた。昨夜テレビを見終った後、テレビの上にリモコンを載せて寝たことは確かだ。その記憶ははっきり残っているし、第一、テレビの上以外にリモコンを置く場所がそのへんにないので、それは習慣になっているのだ。

「金盛さん、リモコンがないわ」

と私はいった。

「奴?」

「これは奴の仕業よ」

「狐霊よ。駄狐――」

「ふうーん……じゃあ、イカ刺もそうですか?」

長いつき合いの彼はこの家に起る異変について、もういやというほど聞いているから、くだくだしい説明がいらないのが楽だ。

「そうですよ。昨日、あなたがいったでしょう。明日の朝、食べるからとっといて下さいって。それを聞いてたのよ。だから私が必ずイカ刺を取り出そうとして、そしてないことに気がつく。奴はそう考えたのよ」

残りものは冷蔵庫にいろいろ入っているが、私は入れたまま忘れていることが多い。奴にしてみればせっかく隠しているのに気づかれないことが間々あって、その都度失望してきたのかもしれない。私が金に敏感な性質であれば財布の中身を減らしておくという高等技術などを用いたのかもしれないが、減っても増えても気がつかない私にはそのいたずらは通用しない。イカ刺やリモコンならいやでも気がつくと判断したのだろう。

「そこまで考えてるんですか。なかなかのものだなあ」

と金盛さんは感心しながら散歩に出かけて行った。私は掃除機をかけながらソファの下、棚の後ろなど捜しながら掃除を終え、それからお茶を淹れて食卓でひと休みした。食卓の端の方にポットや茶器がある。新聞、菓子器、すし海苔の罐もある。貰いもののすし海苔で、まだ手をつけていなかったが、いつも蛸を持ってくる漁師に半分あげようと思って、何帖入っているのか調べるために蓋を開けてみたのが三日ほど前である。十帖入っているのを確かめて、自家用に三帖出した後は軽く蓋をしておいた。その蓋を何気なしに開けた。と、そこにあった。リモコンが！　三帖出した後の隙間に、丁度うまい具合に納まっている。

やがて帰ってきた金盛さんは、「これっ！」といってさし出した私の手の中のリモコンを見て、さすがに驚いていった。

「あったんですか！」

「あったのよ！　どこにあったと思う？」

私は意気揚々といった（なにもここで私が意気揚々となることはないようなものだけど）。

「海苔の罐の中よ！　ここよ！」

と罐を見せる。

「あった⁉……その中に……！」

後は言葉なしという金盛さんの顔。それから金盛さんはいった。

「それで？　イカ刺は？」

よくよくイカ刺が好きな人なのだった。

暫くの間ソファに埋もれて腕組みをしていた金盛さんはやがて、

「いやあ、話を聞くのと実際見るのとは大違いですなあ……」

とつくづく歎息していった。

「いや、これはスゴい……面白いといっちゃナンだけど……いや、驚いたなァ……」

とくり返す。金盛さんのこんなに高揚した顔を見るのは初めてだ。

「わかったでしょう？　私がでたらめをいってるんじゃないことが。錯覚でも何でもないことが……」

なぜか勝利者のような気分だった。これで証人が出来た。積年の私の孤独な闘いを補って余りあるひと時だったのである。

「アハハハ」

と私は心から笑った。その笑いと一緒にどこかで彼奴めが「ク、クク、ク」と笑う声が聞こえるような気がした。

その後、汗ばんで黄色くなったイカ刺が、タッパーウェアに入ったまま、食器棚のタッパー置き場の、重ねたタッパーの一番下から出てきたことを附記しておく。

金盛さんが帰京し、その三日後に私は東京へ帰ることになった。朝早く荷物を車に積み込み、家中の戸締りをした。玄関の敷台に腰を下ろして靴を履きながら、ふとふり返ると二階へ行く階段の、吹き抜けの天井から下っているボール状の電灯が、朝の光の中でボーッと灯っている。今の今までついていなかった電灯が。

私は立ち上り、（折角履いた靴を脱ぐのも面倒なので）そのまま上ってスイッチを押した。当然のことながら、電灯は素直に光を消す。私は玄関を出ながら、ふり返って叫んだ。

「いろいろとご苦労さんでしたァ……サヨナラァ、また来年ね……」

そして扉を閉めて鍵をかけたのだった。

私がいなくなった後の山荘は、これから山からの風と海からの風のぶつかり合いの中で、揺れながら苛酷な冬を迎える。誰もいない家の中で彼奴はさぞかし寂しかろう。退屈だろう。

「これというのも、あなたが最初、祠を建てなかったからなんでしょう。祀ってあげさえすれば何年も何年もそんな怖い思いをしなくてすんだんじゃないの」

と友はいう。「怖い思い」というけれど、今はもう怖くはなくなっているのだ。我々は今や互角の戦いをする好敵手になった。悪戯をし、されして、お互いにク、クク、と笑い合う間柄になった。

我はたたえつ　彼の防備

彼はたたえつ　我が武勇

私の好きなステッセル将軍と乃木大将の「水師営の会見」さながらの仲になった。

——これでいいのだ……。

バカボンのパパのように、私は呟くのである。

誕生日の感懐

十一月五日は私の八十三歳の誕生日である。

「誕生日のプレゼント、何がいい？」

と娘が訊きにきた。何がいい？　といわれても欲しい物はもう何もないのである。

何年か前までは、

「何がいいかといわれても、あんたの懐具合を考えたら、そう簡単にはいえんわ」

などと憎まれ口を叩いていたが、今は娘の懐具合を考えながら欲しいものを考えるよりも、欲しくないものをいった方が話が早いと思うようになった。

「バースデイケーキはいらない。アクセサリーのたぐいはいらない。着る物もいらない。飾り物もいらない……」

我ながら愛想のないことおびただしい……。

と、ここまで書いたのが十一月四日の昼前である。四日は女学校時代のクラスメイトが八人ばかり集まって銀座の「ざくろ」で昼食をする予定が入っている。十二時集合なのに時計を見ると十一時前である。ペンを投げ捨て大急ぎで支度をし、家を出ようとすると電話のベル。慌てて玄関から後戻りをし、上り框でつまずいてスリッパをふっ飛ばす。二階に娘がいるが、大声で呼んでいる暇に自分が出た方が早いと思うタチである。なにもそう律義に急がなくても、とよくいわれるが、なぜか特急電車のようになってしまう。まったく、私にはこの「なぜか」が多過ぎるのだ。

電話は実につまらない用向きだった。化粧品のセールスというか、近くまで来ているので、エステとやらをしに伺いたいというのだ。今、忙しいので結構ですというと、ほんの十分、いえ五分ですませます、と喰い下る。丁度今、出かけるところなのです、と簡単にいえばいいのに、なぜか余計なことをいってしまった。

「もうエステしたって始まらないという年なんですよ、私は……」

というのにかぶせて、

「はじまらないなんて、そんなことゼッタイ（と相手は力を籠めた）にございません。一度おためしいただけば、それはびっくりなさいますよ、若々しく美しくおなりになって」

「いやね、それはムリです。私はもう八十三になるんですから」

時計を見い見い、いわでものことをいう。

「八十三！　まあ、ほんとうですの？　なんて若々しいお声なんでしょう」

「大声だから若々しく聞えるんでしょう。今、あせっていますんでね、それで大声になっているんです。約束の時間に遅れそうなんですよ」

「あらまあ、それは」

といいかけるのを、

「ですから、失礼しますっ！」

打ち切って、玄関に向ってダダダと走る。と、ピンポーンと、表門のチャイムが鳴り、

「佐藤さーん、お花をお届けに来ましたァ」

暢気な胴間声に腹が立つ。先方はべつに暢気に配達しているわけではないのだろう

が、私の耳にはノンビリ暢気に聞えるのである。ハンコを取りにまた玄関を上る。ハンコを握ってくぐり戸を開け、花を受け取る。ついているカードを見ると、

「お誕生日おめでとうございます」

誕生日は今日じゃない。明日だ。十一月五日は明日だ。なんだって一日早く送ってくる！

しかし花屋の青年にそんなことをいってもしょうがないので、「ありがとう、ご苦労さん」といってまた家の中へ。洗い桶に水を汲んで漬ける。

「ざくろ」に着いた時は約束よりも三十分過ぎていた。

「ごめん、ごめん」

と席につく。

「出ようと思ったら電話はかかるし、花屋が花を届けに来るし、娘は二階でなにしてるのか、顔出しもせんし……」

「呼んだらええやないの、なにも遠慮せんかて」

遠慮しているのではないのだ。呼ぶのが面倒くさいのだ。呼ばれれば（私のように）

忽ちダダダーと走ってくる娘ではないのだ。ノタリ、ノソノソ、「なあに?」と現れる。それを待つくらいなら、自分で走り廻った方が早い。

「相変らずやねえ」

とみんな笑っている。

「ともあれ、八十二になってこれだけの人が元気で集まれたんやから、乾杯しようやないの」

と幹事がいってグラスにビールがつがれた。

「そうそう、アイちゃんの誕生日、明日やったわね? それも一緒にお祝いしよう。八十二回目の誕生日を祝して……」

「ちょっと待って」

と私はいった。

「八十二やない、八十三の誕生日よ」

「なにいうてるの、八十二やないの」

「八十二? そんな筈ないわ」

「そんな筈ないといわれても、八十二よ。今は八十一。明日であんたは八十二になるの」

「八十二ィ？……」（さっきかかってきた化粧品セールスの人に私はいったばかりだ。「私はもう八十三になるんですから」と）

不服そうな私の顔を見て、一人がいった。

「佐藤さん、あんたは何年生れ？」

「一九二三年」

「では今年は何年？」

「二〇〇五年」

「二〇〇五から一九二三、引いたら？」

あんまりびっくりして引き算が出来ない。

「八十二でしょうが」

と別の人がいう。そしてみんなは笑った。

「しっかりしてよ、アイ公」

そうだ、私は女学校の時、アイ公と呼ばれていた。西園寺公の公ではなく、クマ公、ハチ公の公である。それが六十数年ぶりで出てきたのだ。なつかしいような、情けないような。

翌日、昨日書いた原稿の書き直しを始めようとしたが、どうもうまくいかない。何を書くつもりだったのか、それがはっきりしなくなっている。そこへ読者の人から電話がかかってきた。

「先生、八十三歳のお誕生日おめでとうございます」

という。

「いや、実はね、私、八十三じゃなくて八十二の誕生日だったんですよ。自分じゃなぜか八十三と思いこんでいましてね……」

「ああ、やっぱりそうだったんですか。いえね、亥年の五黄土星でいらっしゃるから、八十三じゃないんじゃないかと、前から思っていましてね。どう考えてもおかしいと思ってたんです。主人にそういうと、本人が八十三っていってるんだから、それが正しいんだろうっていうだけでしてね……やっぱり八十二だったんですか、まあ……」

と後は笑い声がつづいた。

私は半笑いの顔で電話を切る。そんなにアハアハ笑うことかいな、と思いつつ。

夜、孫にいった。

「昨日わかったんだけど、おばあちゃんね、八十三になったと思ってたら、八十二なんだって。昨日まで八十一だったらしいのよ」

孫は笑わず、

「ふーん、そうなの」

といっただけである。孫にとってはばあさんの年など、一つ二つ違っていてもどうということはないのだ。いや、孫に限らない。本人にとっても八十を過ぎればそんなこと、どっちでもいい。三十代、四十代なら一年の違いは大事かもしれないけれど。顧《かえり》みれば過ぎし八十二年の歳月は茫漠の中に横たわっている。幸せだったか、不幸せだったかなどと回顧する人が時々いるが、そんなこと、考えたところでしょうがない。

「あの苦しい時代、よく頑張ったと思うのよ。自分で自分を褒めてやりたいわ」

といっている人がいた。それは結構、と不器用に答えつつ、心の中では「勝手に褒めてなはれ」と思っている。マラソンの選手がオリンピックでメダルを取った時ならともかく、この世に生を受けたからには、何があろうと生き抜くのは当り前のことである。そもそも人間は生き抜かずにはいられないように出来ているのだ。生き抜く力、本能を神さまから授かっているのだ。エライもエラクないもない。本能に従って一生懸命に生きた——それでいい。

我が人生、辛かったか、苦しかったか、面白かったか。思い出そうとしても私にはよくわからない。とにかく忙しい人生だった。思うことはそれだけだ。あなたという人は愚痴をこぼさない人だ、なぜかとよくいわれたが、愚痴をこぼす暇がないというのが実情だった。

愚痴というものは梅雨どきの雨だれのように、じとじと、ぼとぼと、くり返ししゃべることに意味があるものだ。忙しい人間はそんなことをしていられない。だから愚痴の代りに私は怒った。あたりかまわず爆発し、そしてスッキリした。その頃私は娘にいったことがある。母一人子一人の生活でグタグタと愚痴を聞かされるのと、地雷を踏んづけたように怒鳴られるのとどっちがマシか、と。娘は考えあぐねて、それは一晩中下手なカラオケを聞かされるのと、大掃除の手伝いをさせられるのと、どっちがいいかという問題と似てるような気もするけれど……といったまま、結論は出せなかった。

私の手箱の中に、

「ママへ、ははの日てがみ」

と書いた紙切がある。へたくそな娘の鉛筆の字が、

「小学校二の二　しのはらきょうこ」

とある。「PTA役員および委員名簿」と印刷された紙の裏に書いたものだ。「さとう」ではなく「しのはら」と書いている。私が離婚し、娘は夫の姓のままでいた頃のものだ。

「ママげんきでいますか。ほねにひびがはいっても、げんきでながいきして、ゆうきをだして下さい。わたしはいのっています。

あなたのすきなものはなんですか。

おのぞみのとおりにします。

べんきょうのことは、しっかり、みんなをおいこします。

しんぱいしないで、わたしのことはおいといて、おかねもちになりましょう」

「しのはら」なる彼女の父親の会社がつぶれて、彼は借金の火だるまになって遁走した。母と二人残された者として彼女はこれからの決意を固めたのであろう。

「わたしのことはおいといて、おかねもちになりましょう」

という結びの言葉がそれを語っている。

「ほねにひびがはいっても」というのは、その頃、風呂場ですべって浴槽の縁で胸を打ち、肋骨にひびが入ったことをいっているのだ。すべって転んだのは、遁走し亭主の悪口を叫んでいた時である。今読み返すと、我が子の哀れさにグーッと胸が詰る。

だがその時はさして詰らなかったような気がする。

「おかねもちになりましょう」にただ笑っただけだったような気がする。私は四十代で、ただもう忙しく、そして鈍感だった。夫が遺していった借金を返済するだけで精一杯だったのだ。

昔からの読者だという初老の女性の二人連れが訪ねて来たことがある。一人の人がこんなことをいった。

「私、佐藤先生のエッセイを読んで、苦しい時期を何とか乗り越えてこられたんです。もう気力が弱ってしまうようなことがつづきましてね。そんな時にむさぼるように読みますと、勇気が出てくるんです。いつも文庫本を手提げに入れてました」

「はァ」

私は何となく居心地悪く、

「しかし、私はべつに人生訓のようなものは書いていませんしね。私のエッセイなんか読むと、ああコワイと思う人が多いんですがね。何の役にも立たないことばかり書いて、呆れられたり顰蹙されたりしているだけだと思ってますよ」

するともう一人の人が、

「先生のエッセイは電車の中では読めません。もうおかしくておかしくて、笑いがこみあげてきてどうにもならないので、次の駅で降りたことがありますわ。あの、ほら、いたずら電話がやたらにかかってくるので、その対応策を考えた話がありましたわね。

一番おかしかったのは、電話口で摺子木《すりこぎ》でヤカンを叩いたこと。しかもその効果はどんなか、どんな音がするのかを知りたくなって、響子さんを公衆電話に走らせるんですわ。公衆電話からかけさせて、先生は摺子木でヤカンを……」

長々と説明して笑いこける。

「そうしたら響子さんが帰ってきていうのね。『たいした音じゃなかった』って……。先生はがっかりするのね」

と、先の人が受けて笑う。

「そこを読んで、私、たまらず次の駅で降りたんですよ」

「それから、ほら、あのエロ電話――」

「あれも笑ったわねえ。男のダミ声がいうんですよね。『ボク、今、アソコ握ってるの』って」

「そうしたら先生がね、『そうですか、では握っていて下さい』……」

そして改めて二人はプッと噴き出した。

いや、それは……それをいったのは私じゃなくて、娘の方だったと思うけど……といおうとしてやめた。ま、どっちでもいい。茫漠の海に漂う遠い日のことだ。もしかしたら娘がいったと私は思っているけれど、私がいったことだったかもしれないのである。

それにしてもこの人、気力が弱ってしまうようなことがつづいている時に、こんなものを読んで笑っていたとは、変った人だなあ。それともたいした苦労ではなかったのではないのか?

するとその人はいった。

「いいえ、笑って希望が出てくるということがあるんです。ほんとです。私が今日ここにあるのはひとえに先生に笑わせていただいたおかげです」

私の読者には変った人が多いけれど、あなたもその一人ねえ、といいつつ、考えてみればそういう私も、あの寸暇もない怒りの日々の中で、こんな無駄なことをしていたのだ。そうして生きる力を明日へと繋いでいったのかもしれない。

しみじみ思う。この世にはいろいろな人間がいて、それぞれ、いろいろに生きているものだなァ、と。

以上は八十三歳の……オット、八十二歳の誕生日を迎えての私の感懐である。

ああ、川上宗薫

川上宗薫が亡くなって今年で二十年になる。宗薫と私は親友だった。宗薫は女と見れば見境もなく口説く男として知られていたが、佐藤愛子だけは口説かなかっただろうという通説（？）があった。中山あい子は私の最も親しい女友達だったが、彼女も、

「いや、口説いてない。それはない！」

と力を籠めていっていたそうだ。

ニイチェは男と女の友情は、どちらかがその性を放棄した時のみ成り立つ、といった意味のことをいっている。佐藤は女の性を失っているから、宗薫と友達になれたのだと彼女は思っていたのだろう。

だが実をいうと宗薫は一度、私を口説いたことがある。その時私は、

「ダメよ、だって宗薫とじゃ近親相姦みたいになるから」

といったのだが、宗薫は尚も喰い下る。そこで、私はキレた。

「なにいってるの、あたしはそんじょそこいらの簡単な女とはちがうのよ！」

鎧袖一触《がいしゅういっしょく》というあんばいで宗薫は、

「そうか……」

と引っ込んだ。

この「そうか」は何ともいえず面白かった。ふられ馴れてるというか、円熟の一言といおうか、「柳に突風」の趣だった。私はそんな宗薫が好きなのだった。

中学生の頃宗薫は、鼻のアタマがテラテラ光ることを気に病んで、毎朝登校前に鏡の前でバニシングクリームを塗って出かけた。バニシングクリームは塗ると薄く白粉を刷いたように白くなるクリームだ。しかしクリームの効目は一、二時間しか保《も》たないので、メンソレータムの小さな空罐に入れてポケットに忍ばせ、休み時間に大便所に入って化粧直しをした。クリームはよくつく時とつかない時とがある。そんな時彼は、自分は女にもてることはない男だと思って、世の中が暗くなる思いをしたという。

当時の中学は男女共学でなかったから、女子生徒はいない。いったい誰のために鼻のテラテラを消さなければならなかったのか、そう訊くと宗薫は少し考えてから、

「とにかく、そういう奴だったんだな、オレは」

といった。彼はとてつもなく正直な人で、言葉はいつも正確だった。彼があのこうのと分析したり、意味づけをしたことはない。すぐ「わかった気」になって、解釈することはなかった。

「とにかく、そういう奴だったんだな、オレは」

という答はまことに正確だ、と私は思う。宗薫という人は「とにかくそういう奴だった」というほかない人だった。

十月十三日は宗薫の命日である。

その日、彼を愛した友人が八人ばかり集って、宗薫を肴にする食事会があった。彼ほど肴になり易い人はいない。食っても食っても飽きない、天下一品の肴である。死んでしまったから肴になるのではなく、生きて、その場にいても平気で肴になる人だった。本来なら隠すべきことを隠さない。みんなと一緒になって自分を肴にして楽しんでいた。

「正直に自分のありのままを出すのが一番らくなんだ。それに気がついたからそうすることにした」

といったことがあった。食べ物にしろ女にしろ、彼が欲望を抱くとすぐにその目に現れた。それで女に甘く見られた。だが甘く見られていることに気がつかないわけではない。それはそれとして受け容れ、そうしてあくまで欲望を遂げるべくつき進んだ。たとえ甘く見られていても、「ヤレ」さえすればいい。そこが彼の真骨頂だった。

ある時——それは考えてみると今からもう四十年ほども昔のことになるが、宗薫は見るからに安モノの、いやに光る薄紫のストローハットをかぶってやって来た。

「なに、そのシャッポ」

出迎えた玄関先で早速、私はいった。

「おかしいかい？」

といいつつ帽子を脱ぎ、

「そうかなァ……」

といってしげしげ眺める。

彼が我が家へ来ようとしてその帽子をかぶって電車に乗っていると、見るからにヤクザ者といった感じの若い男が乗って来て、車内が混んでいるものだから、宗薫が坐っている対面型の椅子の肘かけに厚かましく尻を載せた。気の弱い彼が、

「こりゃヤバイ」

と思った時、ヤクザはいった。

「おじさん、いい帽子かぶってるじゃないか」

宗薫は何もいえず俯いて黙っている。するとヤクザはヒョイと帽子を取って自分の頭に載せ、口笛で、「あの娘《こ》かわいやカンカンむすめ……」のメロディを吹いた。宗薫は身じろぎもせず、自分の膝頭を見詰めたまま口笛を聞いていたという。その一時、周りの乗客はどんなふうだったかと訊くと、

「それどころじゃないよ！」

と宗薫は声を荒げた。

「そんなもの目に入るかい！」

何番目かの駅に電車が止るとヤクザは自分の頭から帽子を取って、宗薫の頭にヒョ

イと載せて降りて行った。

「何もいわずに？」

「うん……ほっとしたよ」

「羞かしくなかった？」

「羞かしいなんてもんじゃないよ、怖《こわ》かったよ」

「怖かった？　どうして？」

「次に何をされるかと思うと生きたそらなかったよ」

私は笑いこけた。

「なにがおかしいんだ」

と宗薫はふくれ面になったが、どうやら私が笑うことで彼の気持は軽くなるようだった。

「愛子さんはオレが失敗すると喜ぶんだなあ」

と彼はいった。

「だがね、笑ってくれると気が晴れるんだよ」

そうして彼は長崎の高校で英語の教師をしていた時、アメリカ兵のオンリーに手を出した時の話をした。

ある日、英語の授業中、ふと校庭に目をやると、かのオンリーがアメリカ兵と一緒に校庭を横切ってくる。途端に授業は上の空になり、自分が何をいっているのかわからなくなった。頭にあることは、どうして逃げるかということだけである。早く終業のベルが鳴らないかとそればかり待っていた。

だがベルが鳴った時、早くも二人は廊下に立っていた。そうなると教室から出たくない。だが、教室から出ずにいる理由もない。仕方なく出て行った。女とアメリカ兵が近づいて来る。教室の廊下側の窓は生徒の顔が鈴なりだ。皆、川上先生がアメリカ兵と流暢に交すであろう英会話を聞こうとしているのである。

アメリカ兵は宗薫に向って何やら話しかけた。だが宗薫には何をいっているのかさっぱりわからない。言葉はわからないが見当はつく。宗薫とオンリーとの関係を詰《なじ》っているのだろう。仕方なく宗薫はいった。

「アイム　ソーリー」

それから、

「ザッツ……」

といった。そして口をつぐんでジーッとアメリカ兵を見た……。


ここで私は訊いた。

「ザッツ？　関係代名詞？」

「うん」

「なぜそこで黙ったの？」

「わからねえんだよ」

「なにが？」

「なんていえばいいのか……」

「先生なのに英語がわからないの？」

「何もかもわからなくなったんだ」

アメリカ兵はなにやらまくしたてる。宗薫は呆然と立っている。女が片言のオンリー言葉でなにやらいい、やがて二人は諦めたように帰って行った。

「生徒はどう思ったかしら？」と私がいうと宗薫は「わけがわからなかったんじゃないか」といった。

「失望したんじゃないの、ありゃインチキ教師だ、なんて悪口いってたかも」

というと、

「そうだろうなァ……」

といった。そういってから、宗薫は急に愉快そうな顔になっていた。私が面白がって笑うので、彼の古傷は癒えたようだった。

私たちが知り合ったのは、宗薫が東京へ出て来て、柏市の定時制高校の英語教師をしていた頃だ。その頃、彼は既に「群像」に小説が掲載され、芥川賞候補にもなったことのある新進作家だった。

一方私の方は同人雑誌でオダを上げているだけの薹《トウ》の立った文学少女であったが、

川上宗薫の名は知っていたし、群像に出た「傾斜面」を読んでその才能を買ってもいた。

同じ柏市にいた文学仲間の日沼倫太郎が宗薫と知り合い、この次の我々の同人誌の会には彼を連れてくるといったので我々は緊張気味で「川上宗薫氏」の来場を待った。しかしその初めての対面で、宗薫は我々に失望——というか、親しみというか、とにかくたいして畏敬する必要はない人物である、という認識を持たせた。彼は面白くもない冗談や駄洒落を連発したので、私は後で、

「高校生向きのあの駄洒落はやめてほしいわね」

などと陰口を叩いた。

それは私が三十を一つ二つ越え、宗薫は(一つ下だから)三十を過ぎて間もないという年だったと思う。会ってすぐに私は宗薫を甘く見るようになった。そして宗薫の方は「甘く見られること」に却って居心地のよさを感じたようだった。それ以来私たちは毎日のように電話でらちもないことをおしゃべりし、その上始終会うようになった。宗薫はいつも銀座アスターのラーメンを奢ってくれた。私には田畑麦彦という夫

がいたが、宗薫と私はいつも彼の悪口をいっていた。宗薫は彼をボンクラと呼んだ。それは親しさの表れであると同時に、ボンボン気質で観念的でうぬぼれが強く、しかもそういう自分に全く気づくことのない田畑へのじれったさと優越感がないまぜになっていた。私もそれに同調していた。私たちは気が合っていた。私たちの友情は漫才のボケとツッコミのバランスの上に成り立っていた。

その頃、柏市の定時制高校で宗薫が教えていた生徒に酒屋の娘がいた。定時制であるから普通の高校生と違って社会に出て働いている者もいるし、年をくっているのもいて、おとなである。

宗薫は酒屋の娘の英語のテストの点数を、実際よりもオマケしてつけてやった。確か六〇点くらいのを二〇点増しにしたのだったと思う。その二〇点に彼は自分の気持を籠めたのだ。すると酒屋の娘は答案用紙を持って彼のところへやって来た。

「先生、この採点、間違ってませんか?」

と答案を指さした。その時の宗薫の顔が私の目には浮かぶ。彼の目は丸くなり口を結んだままキョトンとした感じになったにちがいない。

その後、彼は酒屋の娘にキスをした。すると彼女は担任の教師にいいつけた。担任は正義感に燃える青年で、教育委員会に諮《はか》る、といい出した。

晩秋の夕方、宗薫は酒屋を訪ね、娘を呼び出した。酒屋の裏は原っぱである。そこで宗薫はきり出した。

「ぼくには妻もあり、子もいる（私はそこで噴き出した）。ぼくが職を奪われたら家族は路頭に迷うんだ」

そして彼は原っぱに土下座した。

「どうかぼくを助けて下さい……」

とつい丁寧語になったという。娘は可哀そうに思って正義の教師に事を表沙汰にしないように頼んでくれ、宗薫はことなきを得た。

そんな一部始終を語ると宗薫は笑いこけている私を見て、

「君の心ひとつでぼくの家は壊れもし、救われもするんだ、なんていっちゃってさ」

機嫌よく人ごとのようにいって面白そうだった。

その時からの三十年余りのつき合いのうちに、宗薫は次第に情事を描かせたら右に出る者はいないといわれる流行作家になっていった。掘っても掘っても湧き出る原油のように、それまでの彼の経験が出てくるようだった。彼は昼のうちに小説を書き、夜になると必ず銀座のクラブへ出かけていった。以前は新宿だったのが、今は銀座である。それは宗薫がカネモチになったことの証明だった。昔はトリスのポケット瓶を放さなかった彼が、今はレミイマルタンしか飲まなくなっていた。

銀座へ行ってホステスを口説くことを彼は「取材」と称していた。川上さんは趣味と実益を兼ねてるからいいわね、と私はにくまれ口を叩いた。

ある時、宗薫はパーティで城山三郎氏に出会った。そのことを宗薫は私にこういった。

「城山三郎にいわれちゃったよ。『川上さん、あなたも以前はいい小説を書いていましたがねえ』って……」

宗薫は私が何かいって笑うのを待っていたのだろうか？　だが私は笑えなかった。「至言だ」という思いが私にはあった。私は「ふーん」としかいえなかった。

私たちは二人とも城山さんは真直な人だと思っていた。だからその言葉が皮肉や軽侮ではないことはよくわかっていた。それだけに彼の受けた傷は深かっただろう。

それでも彼は疲れを知らぬ肉体労働者のように、それが彼の天職であるかのように銀座へ通った。月産千五百枚を誇り、万年筆で書いていては間に合わないので口述筆記をした。そのためのお抱え速記者が雇われた。原稿は速記者が清書し、宗薫はそれに手を入れるだけである。

何が彼をそうさせるのか、私にはもうわからなかった。

「どうもねえ、気が進まない女なんだよなァ」

といいながら、時計を見て食事の席から中座して行くこともあった。気が進まない女になぜ手を出すのかと私がいうと、

「こういうことってあるだろ。目の前に菓子がある。べつに食いたくはないんだけど、見てるとつい手を出すってことが。ソレなんだよ」

約束していた女から断りの電話が入ると、思わずシメタという気持になることがある、と述懐したこともある。私は呆れて問い詰めるのをやめた。問うても彼には答え

られなかっただろう。

「とにかくそういう奴なんだな、オレは」

というか。


昭和五十四年、宗薫は食道潰瘍の手術を受けた。実際はそれは初期の癌だったのだが、宗薫にはそれは知らされずに手術は成功した、もう何も心配はないとばかりに、彼は毎日ブランデーを飲み、美食を楽しみ、銀座へ出かけた。宗薫が潰瘍だと信じているので（いや、あれは癌だという人がいたが）、私は潰瘍だと信じていた。

五年後、宗薫の癌は淋巴腺に転移した。その時は医師がはっきり宣告した。宗薫からの電話でそう聞いた時、私は、

「あなたは悪運が強いから大丈夫よ」

といった。そうとでもいうしかなかったのだ。初めて私は彼に「おざなり」をいった。その思いが胸に閊《つか》えた。敏感な宗薫のことだから、私の「おざなり」を感じ取っただろうと思って気が滅入った。

だが後に私は彼が書いたものの中に、「愛子さんがそういってくれた」と私の言葉を記しているのを見つけた。彼は子供のように素直に私の言葉を受け取って、力にしていたのだ。

そこから私たちの関係は変った。もう前のように私は「自分が本当に思うこと」しかいわない友人ではなくなったのだった。

「宗薫を肴にする食事会」で、宗薫は十分、肴になった。食事の間中、宗薫のエピソード以外の話は全く出なかった。場所を替えて宗薫ゆかりのクラブへ行った後も、宗薫の話はまだつづいた。宗薫が泣き虫だった話、ケチんぼうだった話、かと思うと気前のよかった話、よく女に騙されていた話、しかし騙したことはなかったこと。そうして誰もが、宗薫のおかしさがしゃべってもしゃべっても尽きないことに改めて感心した。

私たちは夜更けの銀座裏を歩いた。宗薫が流行作家になるきっかけを作った（当時、小説現代副編集長だった）大村彦次郎さんは、また私に直木賞への道をつけてくれた人でもある。私は大村さんと並んで歩きながら、あまりに遠くなってしまったあの頃を思っていた。

「このあたりを毎晩、往き来していたものですよ、川上さんは」

と大村さんはいった。見上げるビルの壁にはあの頃と変らずクラブの名を印した看板が縦に並んでいる。

「変らないわね」

「しかし、なんだか寂しいな」

と大村さんはいった。

「あの頃はもっと活気があったでしょう」

そう感じるのはここはもう私たちには馴染みの場所でなくなったためかもしれない。

つわものどもが夢の跡、と私は呟いた。

「とにかく面白い人だったなァ」

「ああいうおかしな人は、もう出ないね」

と誰かがいうのが聞えた。こんな世の中ではああいうえらい人はもう出ないね、というように。

私たちはしみじみ「惜しい人を亡くした」と思うのだった。

第4章

花散る日に思う

手箱の中

正月のつれづれに、もう何年も開けたことがなかった古い手箱の中身をとり出していると、うす黄色くなったメモ用紙が幾つか出てきた。

「郵便局の定額貯金。半年ごとに利子が利子を産む」

と小さく印刷されたメモ用紙である。「半年ごとに利子が利子を」産んだ時代のものだ。三十年ほども前のことになろうか。自分の汚い走り書きを苦労して読む。

「会社の方針に従って健康明朗親切をモットーとして営業を行うと共に、お客様によっては無理な事をいう人も気分のいい人もおりますが、どんな人でも気持よく過していただくよう自信をもって行い、会社は従業員のために、従業員は会社のためお互いに力を合せお客さまが安心して来られるように心を配っています」

これはいったい、何だろうと思いながら次を読む。

「マッサージの研究については、勿論一人一人がちがいますのでマッサージをする前に必ず訊きます、『どこが一番凝っておりますか?』と。また初めてマッサージをする人がそれによって心から気持よいと思ってくれるよう努力しています」

やっと思い出した。あれはどこの役所の依頼だったか、正確な名称は忘れたが、性風俗審議というような名目で、何人かの審議員の男性と一緒に見学に行った時の、つまり当時の名称でいえば「トルコ」店における「トルコ嬢」の挨拶なのである。

今日は役所からうるさい審議員とやらがやって来るというので、急遽《きゅうきょ》誰かが挨拶文を書き、一番しっかりしているトルコ嬢が選ばれて暗記したのであろう。まるで入社式で新入社員の答辞を聞く重役たちのように、私たちはしかつめらしく(心中おかしさを怺《こら》えて)それを聞いたことが思い出されてきた。このメモは店が用意した回覧資料を大急ぎで写し取ったものである。

あの時代の性風俗店は、現在垣間見る爛熟頽廃からは程遠い、実に素朴なものだったことがよくわかる。

「どこが一番凝っておりますか?」と訊いて、「心から気持よいと思ってくれるよう努力しています」には微笑を誘われるではないか。そういう立前があったことが面白い。何といってもまだ真面目な時代だったのだ。

その時、ついでに「モーテル」というものの見学もあったことを思い出した。我々審議員はぞろぞろとモーテルに入って行き、一つの部屋に通された。そこには模様ガラス越しに透けて見える浴室があり、浴室の床は鏡張りで（壁や天井ではない。メモにははっきり床と書かれている）どういうつもりか浴槽の中へとすべり台がついている。部屋の大半を丸型のとてつもなく大きなベッドが占領していて、ボタンを押すと流れてくる音楽と共にベッドはグルリグルリと廻りながら天井へ向って上っていくのである。

「どなたかベッドに上ってみませんか」

という人がいたので、私は勇んでベッドに上り、グルリグルリと廻りながら上っていったことも今、思い出した。風俗審議員の活動の一端としてその写真が新聞に出たことも。ちなみにその見学経験は後日、拙作「スワンの間の客」という小説で生かされたのだった。

〈秋のはじめ、磯崎峯《いそざきみね》が卒中で倒れた。

六十四歳の誕生日を迎えた三日後である。

倒れた場所は東京に近い国道四号線沿いに開けた分譲住宅地に近く、ひときわ高く聳《そび》え立つモーテルドリームのスワンの間であった。

モーテルドリームは童話の絵本に出てくるような、逆ハートの丸屋根が幾つも重なり合ったお城風の建物である。屋根は明るいブルーで壁は純白、窓枠は金色に光っている。部屋は全部で十六あって、そのひとつひとつにスワンとかローレライと赤い靴といったような名前がついていて、それなりに趣向が凝らされている。

磯崎峯はスワンの間が気に入っていた。その部屋は「お客さまに白鳥の湖の優雅なロマンに浸っていただくべく」作られた部屋だと案内書に書いてある。ベッドは水色の円形で、それは湖を象徴しているつもりなのである。部屋の外にはコンクリートの壁で仕切られた猫の額ほどの小庭があり、五、六本の杉が植《うわ》っている足許に、コンクリートの池が掘られているのは、そこもまだ湖のつづきという思い入れなのかもしれない。

ベッドの頭のMというボタンを押すとチャイコフスキーの白鳥の湖が流れてくる。

すると峯はいつも、

「――ロマンチックねえ……」

といったものだ。

「――ほんとうにここへ来ると、夢のようよ……」

そのときも峯はそういった。そのとき峯は裸で、そうして横山多聞の腹の上に跨っていたのである。〉

六十四歳のロマンチスト峯は生れて初めての幸せの絶頂で脳の血管が切れ、「長雨を吸いこんで崩れてきた壁のように」横山多聞という元校長で今は代書屋のじいさんの上に倒れてきたのである。

風俗審議員としての私の見聞は、こんな具合に活用されたということだけわかって下さればいい。菲才の大衆小説家というものは、かくも貪欲なものなのだ。

この小説を書いた頃の日本の社会通念では、六十四歳の「老女」が恋愛し、モーテルでセックスするなどということは、許されぬというよりもあり得ないことだった。本当はあったのかもしれないが、それは人目を憚る悪事でも犯すかのように行われていたのであろう。

卒中に見舞われ寝たきりになった峯は、息子夫婦から徹頭徹尾軽蔑され、事情を知ったつき添い婦からは「年寄りは年寄りらしく孫の守りか猫の蚤でも取ってるのが一番ですよ」と説教されるのだ。

今の六十四歳の女性がこの小説を読んだら、怒り心頭に発することだろう。今、六十四歳は女盛りなのである。少なくともそういう気分でいる。ヨン様を追いかけて、「孫のいる身でこんなにときめくことが出来るなんて、幸せですわ」とテレビで広言しても、誰も（夫も）何もいわない。

何という速さで人心は変化してきたのだろう。変化というものは時間をかけてジワジワとくるものだと思っていた。子供の頃、私が家の前で毬つきをしていると、近所のおばあさんが、

「ほんまになあ……」

としみじみ溜息をついていったものだった。

「昔は手毬つきいうたら、坐ってつくもんでしたんや。縁側で。立ってつくやなんて、そんなこと、せえといわれても出来まへんなんだ」

私たちは家の中で毬をつくと叱られた。

「表へ行きなはれ。外でつきなはれ！」

といわれて道へ出、

「とどろーく　つつおーと
とびくーる　だんぐぁん……」

と「広瀬中佐」の歌を大声で歌って勇ましく毬をついた。股ぐらをくぐらせたり、右に左に身体をよじりながら跳び上り跳び上りして、お尻の下で毬を弾ませる、なんていう芸当をやった。

そんなふうに毬つきが変化するには慶応、明治、大正と三つの時代を越えて昭和に入るまでの長い歳月が必要だった。すべて物ごとの変化はゆるやかな流れのようになされるものだったのだ。

だが今、変化はあっという間にきている。あっという間に盥と洗濯板と固形石鹸が消えて洗濯機になったように。あっという間に女がズボンを穿くようになったように……ズボンがスラックスという名称になり、スラックスがパンツという名称になり、下穿きとしてのパンツの長い歴史が絶えて今はパンティというのだそうだ。「ツ」と「ティ」の変化のわけがあるのかないのか、もう何が何だかわからない。「老人」は「熟年」になった。もう「おばあちゃん」などと気軽にいってはならないのである。「熟年」であるから、恋をしセックスを楽しめばよい。六十四歳の磯崎峯が「スワンの間」で代書人のじいさんとナニして、腹上卒中になったからといって、驚くことはないのだ。つき添い婦が、「猫には手毬、おばあさんには孫。若者には恋」などと厭味をいうこともない。今はニコニコして、

「でも、お幸せよねえ。卒中になるほど燃えたなんて」

というのである。

菲才《ひさい》の私にはもう小説は書けない。何でもアリの時代であるから、人に悩みがなく

なった。無理解、障害、矛盾に苦しむこともなくなった。厄介なことは切り捨てればいい。切り捨ててもどこからも非難はこない。ニートの息子に憤慨していた父親は、「ニートだって辛いんですよ。その気持を理解しなければ」

といわれると、握った拳固もゆるんで、困った奴だ、ですんでしまう。ニートの中には「辛くないニート」だっているにちがいないのだが。

「悩み、ありますよ。家のローンの悩み」

という人がいたが、それでは小説にならないのである。

黄ばんだ新聞の切ヌキやメモ用紙の重なりの下から、「毎日新聞社（朝刊）連載小説係様」という宛名の封書が出てきた。裏を返すと、日付も住所もなく「新宿の読者」とだけ書かれている。

「朝刊がこんなに待ち遠しいのは実に久し振りのことで、ふとなつかしい気持であります。

佐藤さんの新聞小説は久し振りに待ち遠しいものです。毎日新聞をこの五十年ずっと取りつづけている私も、変りもんかも知れないけれど、待っていればこんな佳い作品に出会えるのです。

日本の現状の中で大人も子供もぎしぎしあえいでいる時、本気になって教育の現場について考えている佐藤さんの日本人への愛情を期待してます。この前編の題は忘れたけれど他の新聞に連載したものは、本になってから読んだのです。あれの老夫婦のその後もわかるし『風の行方』が知りたい。小さな吉見クンが可哀相です、日本の子供たちはみんな寂しいんだなあ。可哀相！

ほんとに毎日楽しみにしています。毎日新聞大変らしいけど、編集部の皆さん、頑張って下さいネ。

新宿の読者」

これは一九九六年、毎日新聞に連載中だった拙作「風の行方」について届けられた読者の手紙である。なぜ、こんな手紙をとっておいたのだろうと思いながら、二度読み返しているうちに気がついた。

——これは中山あい子が書いた手紙だ！

だから私は始末してしまわずに取っておいたのだ。

その頃、私は連載中の「凪の行方」が全く何の反響もなく、新聞社も一向に冷淡なことを中山さんにこぼしていた。「凪の行方」はその前に朝日新聞に書いた「凪の光景」の続編である。「凪の光景」の時は朝日新聞が力を入れてくれ、熟年離婚を考える「信子」という女主人公には「信子を守る会」が大阪の女性読者の間に出来るほど盛り上げてくれたのである。それに比べて毎日新聞は冷淡極まるものだった。読者の手紙なんか、来ているのか来ていないのか一度も回送されてこない。書き手にしてみれば闇に向って鉄砲を撃ってるようなものだ。私の愚痴を聞いた中山さんは、

「あれは面白いよ、いい小説だよ。おかしいねえ」

といい、

「毎日新聞はそれどころじゃないんじゃないか。潰れかけてんじゃないのかな」

と私を慰めてくれ、二人して毎日新聞をボロンチョにいって私は溜飲を下げたのだった。

これはそんな私を励まそうとして中山さんが出してくれた手紙にちがいない。文字

にも文章にも中山さんらしい無造作さがある。五十円切手が二枚張ってある。八十円切手がなかったので、五十円を二枚張ったのだろう。それでは二十円の損になるとは思わないのがいかにも中山あい子らしい。

「毎日新聞社（朝刊）連載小説係様」

ってことはないだろう。作家なら「学芸部」くらい書いたらどうなんだ。（朝刊）なんて書かないで「風の行方」とちゃんとタイトルを書くくらいの律義さがあってもいいじゃないか……。

だがそれは間違いなく中山あい子の手紙だった。私は胸がいっぱいになる。この無造作がたまらない。無造作、面倒くさがりや、大雑把……何かというと「いいじゃないか、そんなことどうだって」という中山あい子が、この手紙をわざわざ書いて、毎日新聞社に出してくれた……。彼女は毎日新聞学芸部に「風の行方」への評価を促そうとしたのだろうか？（そんな無駄を私ならしないが）それとも彼女はこの手紙が私に回送され、私の励みになると思っていたのだろうか？

この手紙について私たちは何もいい合わなかった。彼女は知らん顔をしていた。私も「中山さんが出したんでしょう。この手紙」とはいえなかった。

二〇〇〇年五月（この手紙の四年後）中山あい子はあの世へ行ってしまった。これが筐底にしまい込まれてから十年経っている。その間私はこの手紙のことを忘れてしまっていた。

今、封筒の裏に書かれた「新宿の読者」という一行、無造作すぎて投げやりに見える筆蹟から、どっとすべてが蘇ってきた。ああ中山さん！　何という優しさ……その友情。ああ、たまらない。たまらない。老い行くことの寂寥は、間近な死を思うからではない。捉えておこうとしてもそのすべなく、否応なしに消えて行く日々への痛惜なのである。


「国道沿いの売店の前に赤い網袋に入れた蜜柑が積んであって明るい冬の陽が当っている。突然思い出した。三年前の秋の終り、紀伊半島のある町でバスを待っていた午《ひる》下りのことを。——ふいに蘇る記憶のふしぎ」

これはいつ、どこでの走り書きだろうか。黄ばんで湿って箱の底にへばりついていたメモ用紙に、薄れた鉛筆書きが辛うじて読めた。ふいに思い出したという「紀伊半島のある町」とはいつ、どこのことだろう？　思い出そうとしたが何も浮かんでこない。わかることは講演旅行の途上、講演先へ行く車の中での走り書きだということだけだ。

ひところ、私は毎週のように講演旅行に出ていた。思えば無我夢中の日々だった。講演の壇上で、今、自分が講演しているこの町はいったいどこなんだろう、と思いながらしゃべっていたことがある。その時の会場は四、五百人のこぢんまりした会場で、大きな窓の向いに何の木か、一本の大木が青々と繁っていて、初夏の光が窓いっぱいに漲っているのを爽やかに感じたことだけ憶えている。

「王朝という名のモーテル。窓の青いビニールのすだれ。助手席に女を乗せて出て行った車」

そんなメモがある。「青いビニールのすだれ」は夏の夕暮の光景だったのか？

しかしつづいたメモはこう記している。

「向うから歩いて来た二人の中年女性。鼠色の半コートにズボン。一人は赤茶色、一人は黒。日本の中年女はみな姉妹のように似ている」

青いすだれは暑さを防ぐためではなく、人目を遮るためのものなのだった。これは冬の日の光景なのだ。もしかしたらこの光景は、「赤い網袋に入った蜜柑が積み上げられていた売店」とつづいているのかもしれない。

それらは過ぎてきた歳月の堆積に埋め込まれてしまったひとかけの情景である。このメモによって混沌の中から息を吹き返してきた鼠色の半コートの二人の中年女が、寒空の下を歩いて行く姿が見えてきた。地味な布製の手提袋を持ち、頭のパーマネントはかかり過ぎだ。それは蘇った記憶なのか、メモによって惹き起されたイメージなのか？　わからない。

モーテルから出て来た車は、あまり手入をされていない黒い車である。どんな男女か見定める暇もなく、あっという間にカーブを曲っていった……。

国道を直進する車の中の私はメモをとる。何の意味も必要もないメモ。「ふとした感懐」「人生のカケラ」。それは暮しに追われてシャニムニ働かなければならなかった私が、束の間浸る旅情だったのだろう。

モーテルから出ていった青年は、今はいい親爺になっていることだろう。鼠色の半コートの二人はどんなおばあさんになっているだろう。彼らにとってはその冬の一日の午下りのことなど、なかったも同然のこととしてかき消えているにちがいない。だがこの黄ばんだメモの中に、紛れもなく点描として存在しつづけているのだ。

長く生きることを人は「めでたい」という。だがあまりに長い人生を引きずってきた者の胸には、過ぎてきて、そうして消え去った時間の中の自分、その時間を共有した人々への懐かしい、いとおしい思いが切なくもの哀しく漂っているだけなのである。

不愉快！

「人の心は金で買える、ってホリエモンがいったそうですけど、ほんと、その通りですわね」

としみじみいった奥さんがいて、私はびっくりした。

「そう？」

といったが、すぐに、

「私はちがうけど」

といい足した。不愉快だった。十人いれば十の意見があるのが当然だとは思うけれど不愉快に感じてしまったのだから仕方がない。なぜ「その通り」なのか、わけを訊こうと思ったが、それ以上話をするとよけい不愉快が増すと思ってやめた。

私はカネカネという奴がキライなのである。カネカネという奴にロクな奴がいない、と私の父はよくいっていた。その言葉が私に染み込んでいる。私の祖父は津軽藩の下級武士だったが、明治維新後は津軽藩史や郷土史などを編纂して、ちょっとした地方名士のような存在になっていた。立場上、講演のようなことを頼まれることがあったが、その謝礼を受け取る時、懐から杓文子《シャモジ》をとり出してさし出した。金は不浄のものゆえじかに手にふれず、杓文子の上に載せて受けたというのである。そういう頑なな武士気質が私にも伝わっているのであろう。おとなたちが笑い話としてするそんな逸話を、子供だった私は真面目に聞いて、しっかり胸に納めていたのだ。後に祖父は西洋小間物の店を開いたが、客が来て値段を訊くと、

「うるさい！　いちいち値段を訊くな！」

と怒り、

「ほしけりゃ持って行け！」

と品物を投げたので、間もなく店は潰れてしまった。

私はこんな話がたいそう気に入っているのだが、聞かされる人はみな困り顔になって、「はーあ」といい、私が楽しそうにしているのを見て仕方なく「ハハハ」と笑い、それからこういった。

「しかし、そんな考えの人がなぜ商売をする気になったんでしょう？」

多分、祖父は商売（金儲け）をするのが目的ではなく、ギヤマンの壺とか、ガラスの鏡などそれまで津軽の人が見たことがなかった品物を並べてびっくりさせたかったのではないかと私は思う。

これを今ふうに意味づけすると（とにかく現代は意味づけが好きだから）「西洋文明を紹介し、且《かつ》啓蒙しようという意志を抱いた」ということになるかもしれない。

それはさておき、私の中にはこの父祖の血が（当今は「血」といわず「ＤＮＡ」というらしいが）脈々と流れ息づいているらしい。その血が当今、とみに騒ぐのである。あっち見てもカネ、こっち見てもカネ。犯罪も日常会話もテレビも、カネのことばっかりだ。実に不愉快である。

今年から新聞の発表はなくなりそうだというが、去年までは毎年、確定申告の時期が過ぎると新聞に多額納税者の名前と納税額、推定収入額が発表されていて、いったい何のためにこんなものを出すのだろう、と私はいつも不愉快だった。人がナンボ稼ごうが、税金をナンボ払おうが、それが何だというのだ。他人の稼ぎに興味をもつなんて下司のすることだ。

――この人たちの多額の納税額に対して頭を下げよというのか。

――これを見て、お前さんたちも頑張りなさい、といいたいのか。

口には出さねど胸のうちでひとりそう憤慨していた。そのうち、誰がいい出したのか閣僚の資産が新聞に公開されることになった。資産の多い少ないが何だというのだ、と私はまた不愉快になった。それとも少ない人は清らかに暮している証左だといいたいのか？　カネで人間を測ろうというのか。


まったく不愉快な世の中になったものだ。テレビをつければ「セレブ」とやらの女性が出てきて、彼女のつけているきらびやかなアクセサリーが大写しになる。いっておくが私はきらびやかなアクセサリーを非難するのではない。その人の趣味、甲斐性でつけているものをとやかくいうつもりはない。私が気に入らないのは、そのアクセサリーの値段を殊更に質問する手合がいることだ。

「失礼ですけど、これおいくらくらいですか？」

「八千万」

とセレブは答えた。答えたくはないのかもしれないが、この場合、答えなければ場がしらける。あるいはイヤミと思われる。そう思って仕方なく答えたのかもしれないし、もしかしたら待ってましたとばかりに答えたのかもしれないし、そのへんの断定は避けよう。

「えーっ、八千万！　ヒエーッ！」

とのけ反る質問者とその他大勢。私にはこれが不愉快だということが主眼であることをわかっていただきたい。

「で、こっちは？」とまだしつこく訊く。

「そうですねえ……二億……くらいかしら」

「ヒエーッ！　二億！」

ヒエーッヒエーッばかりじゃなく、もうちっと違うことをいったらどうだ、と思うが、考えてみるとヒエーッといってるしかしようがないかもしれない。

テレビはなぜ、いちいち値段を訊くのだろう（セレブに値段を訊くタレントも、テレビ局にそう命じられてのことかもしれない)。かつて我が国には物の値段を口にするのは下品だという戒めがあった。そんなことを訊いたところで、自分の生活には何の関係もないのだ。大阪人は買った物の安さを自慢して吹聴する。

「このセーター、なんぼやと思う? 三百円や!」

訊きもしないうちからいう。私なんぞはその時こそ「ヒエーッ」が自然に出てくるのである。


先の衆院選で自民党の幹事長がホリエモンの応援に熱を入れ、弟だ、息子だと叫んでいる様がテレビに映し出されていた。丁度、若い銀行員が来ていて、それを一緒に見ているうちに、あまりのくだらなさにだんだん腹が立ってきた。彼は、

「だって、票がほしいからでしょう?」

当然ではないか、という顔でいった。

「ホリエモンって人はね、『人の心は金で買える』っていってる男なんです。その言葉を聞いただけで、その一言でいかに下司下郎かってことがわかるじゃないの。え?

そう思わない？　そんな男を国会議員にしようとするなんて、識見がなさすぎます！」

私はエキサイトすると「ですます口調」になる。青年は、

「しかし、票になる男と見込んだんでしょう」

シレーッとしていうだけである。

「それじゃあソンかトクかだけが価値基準になってるってことじゃないですか！　政治家は商人ではない筈ですッ！　トクすることなら何をしてもいいんですかッ！」

彼は、

「はーァ……」

といっただけである。

「わからない？　人の心は金で買えるといういい草には精神性というものが全くない――それはわかるでしょう？」

「はァ……」

「そんな人の応援をするなんて、恥と思わなくちゃいけないんですッ！　いや、そもそもあの人にはそんな発想がないのか、気がついてるんだけれども、無視したのか、

それともそういう判断力を失ったのか……」

彼は迷惑そうに聞いていた後、

「ま、いいじゃないスか、目的は当選させるってことなんスから……」

そういっているうちにテレビは選挙区の人たち（特に女性）が堀江に群がって握手を求める様を映し出している。子供までが一緒になって走ってる。名刺チョーダイなんていっている。

いったいこのホリエモン人気は何なのだろう？　私はつくづく考える。彼が若くして大金を稼いでいるからか？　テレビが毎日のように彼を話題にしていたからか？

（なぜか大衆はテレビに出ている人はエライと思ってる）

鶏が先か、卵が先か。テレビが先か、大衆人気が先か。テレビが大衆人気を呼び起し、大衆人気がテレビの視聴率を上げ、そしてテレビは大衆の知性を低次元へと引きずり落した。堀江貴文の人格なんて、誰も問題にしていない。それが私は不愉快だ。

「資本主義社会ですからね、仕方ないでしょう。みんなその中に組み込まれるんです」

「仕方ない仕方ないといいながら、日本人はダメになっていく……ダメになっていってることに気がついていない……」

その語気にたじろいだかのように、しばし沈黙していた後で、

「愛子女史って、ホント、素朴な人なんですねえ……純情っていうのかな？」

と青年――いや若造はいった。

「ほとんど、カワイイといってもいいほどで」

私は黙った。ああ、と長歎息する思いだった。この私がカワイイ？　こんな若造に
そういわれる日がくるとは！

堀江貴文が逮捕されたのはその数カ月後である。若造は電話をかけてきた。

「ホリエモン、やられましたね？　ご満足でしょう、ハハ……」

それから彼はいった。

「ま、いろんな、目に余ることがあったにしろですよ、ぼくはホリエモンが日本の経済界の古い体質に刃向ったこと、既得権の否定という風穴を開けようとしたことは評価したいです」

そうして彼は規制緩和万能路線がホリエモンを作った罪について一席ぶったが、何

しろそういう問題になるとチンプンカンプンの私であるから、いつもの調子が出ず「ふーん」「ふーん」と聞く一方なのが口惜しいのであった。説明が一段落したところで、

「とにかくね」

と私は巻き返しに出た。

「世界一金儲けをすることを人生の目的にしていると高言している男。ただそのことひとつで、うさん臭い輩《やから》だと断じなければイカンのですよ。そういう奴は最初から認めてはイカンのです。それ以外に何も考える必要はないんですッ！」

「はあはあ、わかりました。よくわかってます」

冗談めかした声でそういうと彼は電話を切った。私は面白くない。なんだ、馴れ馴れしい！　不愉快だ！　その不愉快さは、私の不愉快さが彼にはどうしても理解されないことによって倍増した不愉快さであった。

二月五日、朝寝坊をして昼近くになってテーブルに朝日新聞を広げた。この頃は不

愉快なことばかり。何か愉快な記事でも見つかるかと思いつつ頁をめくっていくと、その目にとび込んできた文字。

「株は身近　子らに波紋」

その傍に「ライブドア事件」とある。

「堀江貴文・ライブドア前社長の逮捕から3日後の1月26日。愛知県安城市立安祥《あんしょう》中学3年のクラスで、株売買を体験する『株式学習ゲーム』の授業があった」

株式学習ゲームの授業とホリエモンの逮捕とどういう関係があるのかよくわからないが、とりあえず先を読む。

「株式学習ゲーム」は「仮想所持金1千万円を運用して、実在の東証一部上場企業の株を売買する」中高生向けの教材で「金融・経済教育の拡大に伴って導入校は増加し、04年度時点で1351校、生徒数は約7万人に上る」とある。

安祥中学では昨年11月から週1回授業をつづけているということで、この日は先生が「ホリエモンの逮捕をどう思う?」と訊くと生徒らが「株主にうそをつくなんて」「裏切られた感じ」などと答えた。そして先生が「市場にどんな影響が出るかを想像しながら今日の取引を考えて」と促すと、インターネットで証券情報を調べた生徒が、「ソフトバンクの株が影響を受けて下がってる。今が買い時かも」と答えたという。

もう不愉快どころの騒ぎではなくなった。不愉快を通り越して、憤怒が脳天をつき抜けた——そうくるだろうと予想された読者もおられるかもしれないが、違う。怒りが湧く前に、私は萎えた。萎えた頭に、学習雑誌「小学六年生」の編集長のこんな談話が染み込んできた。

「経済を知り、お金をつくることの大切さを知ること自体は、自立した大人になるために重要だ。正か邪かの二者択一ではなく、大人がきちんと付いて、その子に合った学び方を考えればよいと思う」

それから別欄にこうあった。

「東京証券取引所などが04年から05年にかけて、全国の中高校の教員にアンケートした結果、『金融・経済教育』が必要だとする教員は9割に達した。『実施している』は全体の42・1%だった。金融広報中央委員会（事務局・日銀）は05年度を『金融教育元年』と位置づけている」

金は大切である。金がなくては我々は生きていくことが出来ない。だから人サマに迷惑をかけないためにもお金は大事にしなければならない——。かつて大方の日本人はそう考えていた。だから一所懸命に働こう、と。だから質素倹約を旨として地道に暮そう、と。それが生きる上での「心がけ」だった。ゆめ、濡手に粟のよう金儲けはしてはならなかった。金は働くことによってついてくるものだ。何かのことで（親の遺産とか、それが生み出す利益とか）働かずに気楽に暮せる人が間々いたが、そういう人は高等遊民といわれ、

「羨ましいご身分で」

と皮肉まじりにいわれることがあっても、決して尊敬はされなかった。尊敬されたのは金があっても額に汗して働く努力家だった。「金」と「働くこと」とは密接につながっていたのだ。

だが今、学習雑誌はこういう。

「経済を知り、お金をつくることの大切さを知ること自体は、自立した大人になるために重要だ」と。

それで株の売買を覚えよというのか。

いい若いものが一日中、勉強もせずパソコンの前に坐って、何億儲けたとか、何千万損したとかいっている。そういう人間になることが「自立した大人」になることなのか。息子が勉強嫌いで受験はどうする気なのかと怒っていた教育ママが、株で儲けているのを見て急に考えを変え、

「東大に入ったからってねえ、べつだんどうってことないかもねえ」

などといい出したりするようになれば、学歴社会、東大信仰がブッ壊れてよいかもしれない、といった人がいるが、しかし東大信仰が壊れるのと一緒に、日本人の品格が壊れてゆくだろう。


子供にはほかにもっと教えなければならないことが沢山ある。人としてのプライド、廉恥心、正義心、勇気、感謝、礼儀、克己心——だがそんなものはこの現実を生きるのに何の役にも立たないと考える人が増えているのかもしれない。だから教師も暮し——豊かさに「役に立つこと」ばかり考えるようになったのかもしれない。

そんな時間があるならせめて国語をもっときちんと正しく教えてもらいたい。日本の歴史、伝統をきめ細かく教えるべきだ。どうしてもお金について教えたいのなら、お金よりも大切で、生きていく上で力をもつものがある、それは何か、ということについて教えてほしい。教えられないのなら、子供と一緒に考える時間を作ってほしい。このままではやがて日本は滅びます。

萎えたという割にはずけずけというね、といわれるかもしれないが、おそらくこれが「文句つけの佐藤」の最後の文句になるだろう。いや、最後にしたいと思う。もはや佐藤愛子、刀折れ矢尽きた。モグラ叩きはもう飽きた。十年か二十年後、その頃は私はもうこの世にはいないだろうが、その時、

「昔、佐藤愛子って、年中、文句をいってる作家がいてね、日本は滅びる、なんてよくいってたけど、一向に滅びないいじゃないか」

とコケにされるだろうか、それとも、

「たいした作家じゃなかったけれど、いったこと当りましたねえ」

といいつつ、どこかの国の属国になって滅んでいくか。後者も困るが前者も困る。

ああどうすればいいのだ。この国はどうなっていくのだ。あるいはこれは日本人を金の亡者にして、精神性を根こそぎにし、堕落の淵に沈めようというどこかの国の陰謀の力が働いているのではあるまいか、とすら私は思う。

「あなたは想像力のあり過ぎ」と友達からいわれたけれど、いやあ、想像力のない人は幸せでいい。つくづくそう思う。

問題。文中「不愉快」が幾つあったか当ててみよ。

不愉……ム、ム、ム

前回の原稿で「不愉快」という言葉を乱発してしまい（読者によると十六回とか）、深く反省して文句をいうのはこれを最後にすると決意した。それにつけても思い出すのは三十年ばかりも昔になるだろうか、今は亡き遠藤周作から、

「サト君、君のエッセイに『激怒』『憤激』が幾つあるか知っとるか、いっぺん、ゆっくり数えてみィ」

といわれたことがあった。既にその頃から私のエッセイ（というほど上等なものではないが）は怒ること、文句をいうことばかりだったのだ。三十年前というと私の五十代だ。あの頃は元気が横溢していたなあ、と思う。今は「激怒」「憤激」が「不愉快」になった。それだけ私も老い衰えたということであろう。

老い衰えはしたが、長年の癖、習性というか、もって生れた熱血の性《さが》ゆえか、生き甲斐、生きている印というか、前回「もう文句はいいません」と決意したものの、テ

レビ、新聞などで世のありようを見聞きするとやっぱり一言いいたくなる。それを怺《こら》えて、

「ム、ム、ム」

と口を引き緊め、

「いうまいぞ、ム、ム、いうまいぞ」

と自戒する。実に辛い。おぼしきことといわぬははらふくれて、半死半生というあんばいである。

今日も新聞を開くと、

「駒苫高また不祥事

野球部員　居酒屋で騒ぐ」

という見出しが目にとびこんできた。

夏の甲子園で連覇を果した駒大苫小牧高校の野球部員が居酒屋で飲酒や喫煙をして警察に補導されたのだ。この高校は去年の夏の大会で優勝した後、野球部長が部員に暴力を振っていたことが問題になって、優勝を取り消すかどうかを高野連が協議し、

取り消さないことになったという騒ぎがあった。

　朝日新聞は、「再発『言い訳きかぬ』」の大見出しの下に「駒苫辞退。昨夏は暴力…『けじめ』」と書き、この事件によって駒苫高が春の選抜大会の出場辞退を決めたことを報じている。再発防止を誓ってきただけに「2度目は言い訳がきかない」と校長は唇をかみ、監督、部長らも辞任するそうだ。記者会見で頭を下げる校長の写真が大きく出ている。それから囲み記事で「過去を学んでいない」というタイトルでの識者の論評が出ている。

　選抜大会辞退はやむをえない判断であるとした上で、

「卒業した3年生（つまり居酒屋で騒いだ連中・筆者注）は過去の事例を学習していない。後輩たちの置かれた立場への想像力も乏しい。それにしても、高校生が簡単に居酒屋に入り、当たり前のように飲酒できる社会の状況というものを考えさせられる」

　と堂々たる正論である。

「これは……」

といいかけて、私は、

「ム、ム、ム」

と口を閉じ、しかし閉じたままでは、「はらふくるる」のでせめて、

「いやはや、いやはや」

といわせてもらった。

この「いやはや、いやはや」にはいかなる感懐が籠められているか、読者は察して下さるであろうか。

「いやはや、たいへんだねェ……」

と穏やかな咏歎に止《とど》まっているように見せているが、本心をいうと、いや以前なら、

「いちいちうるさいな！　これしきのことで！　不愉快きわまる……」

といっているところだ。

居酒屋でどんちゃん騒ぎ（というほど金を持っていたかどうかはわからないが、とにかくご機嫌で）をしていた連中は卒業式を終えたばかりの三年生だったという。彼らは野球に勝つために、来る日も来る日も厳しい練習に耐えてきたのだ。前に解任さ

れた野球部長は、部員に振った暴力がひどすぎたという話だった。どんなふうにひどすぎたのか（被害者の話だけでは正しい判断はつきかねると私は思っている）、よくわからないが、ともかく、苛酷な練習であったことは間違いないだろう。部員たちはそんな練習の日々に耐えたのだ。そうしてめでたく卒業した。

彼らの解放感はいかばかりか。そこいらの女の子とくっついたり離れたりして高校生活を楽しんだ手合とは違うのだ。ここで多少羽目を外したって、まあ、いいじゃないですか。

喧嘩傷害、火つけ強盗をやったわけじゃなし。卒業式の夜くらい、目こぼししてやるのがおとなというものじゃないでしょうか。青春の血のたぎりがどんなものか、あなただってオボエがあるでしょうが。抑圧ばかりでは身がもたない。若い血は爆発が必要だということが。

それをですよ。居合せた「一市民」が警察に通報した。その正義の士、道徳家（もしかしたら、ただうるさいのが我慢出来なかっただけかもしれないが）のおかげで、駒苫高の野球部は春の選抜大会に出場出来なくなったのだ。卒業生のしたことで何もしてない在校生がとばっちりを受けたのだ。

この正義の士が男か女かわからないが、私はどうも女ではないかという気がする。女性にはこのテの道徳家がいるからだが、もし男であったとすると、度量の狭い我儘者だ。それとも男の女性化ここにきわまったということになるか……。

私には四人の不良兄貴がいた。長兄サトウハチローは自他共に許す大不良で、上野の美術学校（現在の芸大）の堂々たるニセ学生だった。あまりに堂々としているので、彫刻の朝倉文夫先生は廊下でハチローを見かけると、「佐藤は入学以来、作品を提出しないが、材料がないのなら私があげるから取りに来なさい」といわれたという。何という純真な芸術家魂であろうか。この話を思うとき、私は兄の所業を恥じるよりも、朝倉先生の人となりの大きさに胸打たれる。ハチローは二年近くもニセ学生をやっていたのである。

美術学校は高台にあって、裏の崖下は上野動物園だった。崖の丁度真下に七面鳥の檻があって、二羽の七面鳥と十数羽のほろほろ鳥がいた。（これから書く話は、今ま

でに何度か書いたり話したことがあるから、既にご承知の方もおられると思うが、ま、我慢して読んで下さい）

ある日ハチローはニセ学生のつれづれに七面鳥を釣ろうと思いたった。そこで仲間を語らって鯛を釣る太い針にみみずをつけて垂らしてみたら、ほろほろ鳥がかかってきた。しめたと喜んで釣り上げて焼いて食べたら意外においしかったので、翌日もまた釣った。翌日もまた……。

そのうちに動物園ではほろほろ鳥の数が減っていくことに気がついた。これはどうやら美校生の仕業だということになって、園長が美校の校長に手紙を出した。

「貴校の猿どもが、我が方のほろほろ鳥を獲るので困っている、厳重に取り締ってもらいたい」という手紙である。

それに対して正木直彦校長が返事を出した。

「貴園の猿は檻の中に入っているから問題はないでしょう。しかし我が校の猿は放し飼いであります。どうかほろほろ鳥はそちらで守っていただきたい」

そんなやりとりがあったとはハチローは無論知らない（校長は誰にも洩らさず動物

園長に手紙を書いただけだった)。次の日、何も知らぬハチローたちはまたしてもほろほろ鳥を釣ろうと崖の上へ行った。竿を垂れようとして下を見ると、そこにほろほろ鳥の姿はなく、猪がいた。動物園側はそちらで守れといわれたので、頭を絞ってほろほろ鳥と猪を入れ替えた、というわけだった。

まことに心あたたまる話ではないか。正木校長、動物園長ともに大人物だ。このことがどこからか洩れて学生間に広まった時、全校生徒が正木校長を崇拝したという。後年その話をする大不良ハチローの目にも、涙が浮かんでいた。

青春とは無軌道なものだ。わかっていてもやる、やってしまうのが青春なのだ。正木校長はそれをよく理解していたのだろう。その無軌道は一過性のものであること、厳しく修正するばかりが能ではないということを。

それが「おとな」というものではないのか。

これが現代なら、まずこういうことになる。新聞、テレビ、週刊誌こぞって大見出しで書き立てる。

「ニセ学生、ほろほろ鳥を食う

動物園側、対策に大童」

「作家佐藤紅緑の長男　ニセ学生発覚」

そしてニセ学生に気がつかなかった学校当局は責任を問われて辞職者続出。

父のコメントを求める電話や訪問記者が殺到し、やがて記者会見。父は憤怒の形相もあらわに謝罪の頭をさげる。それを見て論評するテレビのコメンテーター。新聞の読者投稿欄。近所の酒屋、米屋、床屋の親爺までが佐藤家についての感想を求められて忙しく、商売に差支える。やがては「佐藤一家に流れる血」がいかに醜怪であるかの探索が始まり、父の若い頃の過《あやまち》から父の後添である母（兄たちにとっては継母）への批判。ハチローの弟三人は、あるいは登校拒否、あるいは女たらし、あるいは借金魔、嘘つき、詐欺師。やってないのは強盗殺人、つけ火だけ、などと調子にのって書き立てる。

ハチローがニセ学生だった時、私は赤ン坊だったからよかったが、女学校へでも行ってようものなら、

「妹、愛子も勉強嫌いで、はり切るのは運動会くらいのもの。わざと破れた鞄を持ち、

泥靴を履いてバンカラを気どり（上級生A子さんの話）、喧嘩っ早くすぐ大声で怒鳴り、学校の品格を傷つけるとして眉をひそめる先生たちも少なくなかったという。

『やっぱりお兄さんの影響かもしれませんね。でも渾名をつける才能はたいしたものでした』

と親友だったM子さんはいう」

などと書き立てられ、

「ひどい。怪しからん」

と怒っても、どれも当らずといえども遠からず、というあんばいであるから、告訴するぞ、ともいえない。

だが、そんな目に遭ったために、以後放恣をつつしみ、「みんな、立派な人になりました」ということになればいいのだが、悲しいかな、そうはならないのである。二番目の兄なんぞは、

「これで天下あまねく、俺たちのことが知れ渡ったんだ。もう取りつくろう必要はなくなった。らくでいいよ」

などといい兼ねない。

懲罰というものがいかに難かしく、実り少ないものか、兄たちを見て育った私はよく知っている。大切なことは「大きく広く理解する心」であることも。

——正木直彦校長は教育者の鑑《かがみ》である。

それをいいたくて私は、この話を書いた。現代の教育者はこの話を熟読玩味していただきたい。

ところでハチローはニセ学生をやめた後、暫くしてからこんな詩を書いている。

なやみになやみを重ねて
芥子《けし》は散った
可哀想に心臓ばかりふくれて残った

だが、そんな感懐を洩らしたからといって、その後、真面目になったわけではなかった。右に左に揺れ動きつつ、彼の大不良の人生は過ぎていったのだ。大多数の人生がそうであるように。

それにしてもこのところ私はつくづく、「記者会見というものは妙なものだなァ」と思う。そう思うのもやたらに記者会見が多いからで、しかもそこでは大の男が深々と頭を下げているのである。「記者会見」というと「謝ること」だと思っている子供がいたそうだ。いったい誰に謝っているのか。「国民の皆さま」に謝っているという建前らしいが、だとするとそこにいる新聞記者は国民代表ということになるのか。代表にしてはどうでもいいこと、わかりきっていることをしたり顔にいっているのが気に入らないが、いずれにしても建前ギライの私としては白々しく、また謝っている人が気の毒で見ていられなくなる。頭の下げ方が深く長いのが、謝罪の念の深さを表明しているつもりかもしれないが、性急者の私なんぞは、

「もうわかった！　しつこい！」

といいたくなる。三人揃って頭を下げている場面では、いつ頭を上げるのか気になる。何分くらい、といっても時計を見るわけにはいかないから、数をゆっくり二十数

えてから上げましょうと約束し、頭下げたまま、イチ、ニイ、サン、シイ……と数えて二十で上げる。だから揃って顔が上ってくるのかもしれない、などと考える。

昨日、テレビで見たのは、真中の人が上げる気配を右側がいち早く感じ取って追従すると、ひと呼吸おいて左側が上げていた。その前に見たのはこれはあまりに長かった。

「よーし、直《なお》れーい」

と体操の先生のように、テレビの前で思わず叫んだくらいだった。

ある人が来て、こんなことをいった。

「オリンピックで負けてばっかり、なのに、帰って来ても謝る選手は一人もいませんねえ」と。

その人は善良で礼儀正しく、息子と娘をそれぞれ独立させた後は、元、中学の校長だった夫君と夫婦仲むつまじく、老後を政治、社会の正しいありようについて論じ合うのを楽しみにしているという女性である。

「そうですねえ。べつに謝らねばならないような悪いことをしたわけじゃないからでしょう」

と私は穏やかにいった。人が謝る姿を見るのはもう飽きた。

「悪いことはしてませんわ、確かに」

彼女はおもむろにいった。

「しかし、日本国民の期待、声援を一身に受けてですよ、費用だって税金から出してもらってですよ、シャアシャアとして、『オリンピックを楽しみました』だなんていってるのは、どういうものでしょう? 主人はね、愛国心の欠如を歎いていますの。恥を知らないといって怒ってますの。物見遊山に行ったんじゃないんですからねえ。もう少しつつしんで、申しわけありませんでした、という態度を示してほしいじゃありませんか」

「しょうがないんじゃないですか、今の若者にそれを求めても。実力がなければ負けるんです。なるようになったんです……」

「根性がないんですよ。どうしても勝つ、勝たねば、という気概がない。気概が実力を補うってことがあるんだって、主人はいってます」

どうもこの人、「主人と政治、社会の正しいありようについて論じ合うのが私の老後の過し方ですの」と終始いっていたが、どうやら「論じ合って」るのではなく、一方的に主人の論を呑み込んで人に紹介しているだけのように思える。

「今はなんだって楽しむことが美徳なんですよ。だからいうんでしょう、オリンピックを楽しんできましたって。そういうのが怪しからんといっても、なぜ怪しからんのかわからないんだからしようがない」

「しようがない、しようがないって、佐藤先生もずいぶん諦めがよくおなりになりましたのね。佐藤さんあたりに踏ん張ってもらわなくちゃって、主人はいつもいってますのに」

「今の選手たちに根性がないと咎めたって、学校が根性なしにする教育に精出した結果、こうなったんだと私は思ってるんです」

仕方なく私は応じた。こういう話をしはじめると、つい熱中して心に埋めた「不愉快」という言葉を掘り出す羽目になる。それを怖れて君子危うきに近よらずという心構えだったのだが……。

「考えてみて下さいよ。今の選手たちは日本の学校教育がおかしくなってきた頃に、小学生や中学生だった人たちでしょう。運動会のかけっこでは、一等二等は作らない。差別につながるからといってね。勝っても負けても全員に参加賞を渡す。棒倒しや騎馬戦は危険だからやらない。学芸会の劇では主役も敵役も一人に限定せず、何人もが少しずつその役をやる。シンデレラは一人じゃなく、五人くらいいるんです。すべて平等、そして安全。それが主眼の教育です。海で泳いでは危いからダメ。プールで泳がないといけないという取り決めをしている学校があります。海のそばの漁師の多い小学校でですよ。漁師の子供だから、いずれは親の後をついで沖に出るでしょう。その時に舟がひっくり返っても泳げない漁師が出来るんです……」

我知らず熱が入ってきた。

「ですからね、そんな育ち方をした若者が競争意識に燃えるわけがないでしょうが。根性なしを作る教育をしておいて、今になって根性がない、気骨がないと非難する！　おかしいじゃありませんか。愛国心を持てないような歴史教育をしておいて、国を背負ってオリンピックに出ているのだという認識が足りない、と怒ってもね。可哀そうですよ」

彼女は鳩が豆鉄砲を喰ったという表現ぴったりの顔になって（もともと左右離れたまん丸な眼の持主）まじまじと私を見詰め、

「可哀そう？……まあ……驚きましたわ」

といった。

「佐藤先生が若い人の味方をなさる！　オリンピックの結果を不甲斐ないとお思いにならない……」

そそくさと彼女は帰り仕度をした。

「主人にいってみますわ。主人はなんというでしょう」

靴を履きながらそういい、敷石のところでなぜか躓《つまず》いて転びそうになりながら急ぎ足で帰って行った。

――可哀そう。

と私はいってみた。我ながら何という複雑な思いの「可哀そう」だろう。可哀そうなのは、本当に若者の方か？　我々ジジババの方ではないのか？

本当をいうと胸のうち、いうにいえぬ不愉……ム、ム、ム、でいっぱいなのだった。

追憶考

二年前に夫を亡くした少し年下の知り合いから手紙がきた。

「半年ばかり前から息子たちと同居しています。お蔭さまで暮しの心配はなく大事にされ、上げ膳下げ膳で結構なんですが、何もすることがないので庭にお花を植えて、手入をするのが楽しみになっています。でも一日中、お花とつき合っているわけではないので、あとはたいてい追憶に浸っています。

追憶は楽しいです……」

というような内容である。

追憶は楽しいかねェ、と読みつつ私は思ったが、この人はお金持ちのお嬢さん育ち、同じようなお金持ちにお嫁に行って（その家は敗戦で打撃を受けはしたが、一族力を合せて危機を乗り切り、息子の代になってもやっぱりお金持ち）姑に可愛がられ、あるお坊さんから前世でよっぽど善行を積んだお方ですな、といわれたほどすべてに恵まれましたと自分でいっているくらいであるから、そういう人の追憶はさぞかし楽しく美しいことばかりなのかもしれない。

だいたいは古女房の追憶なんて、楽しいわけがないのだ。楽しい追憶もしようと思えばあるのだろうが、あえてソレはソッチへ押しやって、愚痴や口惜しさの追憶に耽るのが古女房というものなのである。

それにしても追憶なんていう言葉、本当に久しぶりだ。追憶というと何かしらん、女性的で静かでロマンチックな趣が漂っているではないか。私にも当然、ここまで生きてきた日々の積み重なりがあるから、思い起そうとすれば雑多な出来ごと、喜怒哀楽が詰っている。折にふれ（もの書きであるから必要に応じて）、その断片をとり出して披露することはあるが、追憶という言葉で表現するようなものではない。例えば忙しい魚屋のおかみさんとか、朝早くから日が暮れるまで野良で働くおッかさんと同じで、私には縁遠いことなのである。

それでも時には昔を思い出してしゃべりたくなることがあって、食卓なんぞで、

「おばあちゃんの小さい頃、耳が聞えなくなったことがあったらしいんだよ」

と始めると、忽ち孫から、

「その話、知ってる」

といわれて出鼻を挫かれる。ちょっと鼻白むが、話そうと思って切り出した話は、(出かけたオシッコを止めることができないように)引っこめることは出来ない。無理押しして先へいく。

「三つか四つだったと思うんだけど、ハチロー伯父さんがね、『アーイチャン、アーイチャン』って、呼んでるの。やさしい声で、歌うような声で……」

「けどおばあちゃんは返事をしなかったんでしょ、聞えてるのに」

小癪にも孫めは先廻りをする。それを無視して、

「べつに拗ねたり、ふざけようとしてるわけじゃないんだけど。なぜだか返事をしたくないの」

「そしたらハチロー伯父さんがいったんでしょ。『やっぱり聞えないんだ』って」

また孫めは横取りする。それにおっかぶせて、

「そうして、ハチロー伯父さんは、さもおかしそうに、嬉しそうに笑ってるんだよ。

ケラケラケラと。面白がってるのよ、あの人は。それがわかるものだからこっちも聞えないフリをしたのかな？　三つや四つでそんな意識が働いていたとしたら、たいした子供だわね、わたしは」

するると娘が口を出した。

「その話、五回目」

追憶というものはペラペラしゃべってはいけないものなのだ。私はすぐにしゃべるものだから、思い出の断片が追憶にまで昇華しないのかもしれない。

この話はずっと後になって、母からあんたは小さい時、耳が聞えなくなったんだよ、といわれた時に蘇ってきた情景である。母からいわれなければ、私の記憶の中には永久にないことだった。

聞えないフリをした時の私は、もう治った後のことだったのだろうか？

それともはじめから難聴なんかではなく、いつもフリをしている子供だったのか？

お医者さんへ連れてかれたのかと母に訊いたが、母は、

「どうやったかしらん……なんで治ったんやろか……」

と忘れてしまっていた。

年をとるとよろず億劫さが先立ち、そればかりか膝や腰が痛くて外出がままならぬ状態になったり、濡落葉の老夫に張りつかれて動きがとれなくなったり、また身罷ってしまった人も年を追う毎に増えて、友人との交流が減っていく。そして日常生活の幅が狭くなり、話題といえばテレビの受け売り、仕方なく過ぎ去った日々の断片を話すしかなく、口を開けば同じことばかりくり返ししゃべっている。

この話、前にしたかしらん？　したような気もするけど、ま、ええわ、ここまで話し出したんやから話してしまおう、と勢でしゃべりつづける。しかし仲間うちだと、聞く方も記憶がはっきりしていないものだから、何度も聞いた話がいつも新鮮で熱心に相槌を打つのが、ほほえましいというか、悲しいというか……。

そんな経験を重ねるうちに、たいてい若いお方は礼儀上、同じ話もはじめて聞くかのように、

「はーあ、そうですか……なるほどね、なるほどね」

と大きく頷き、時には、

「ハハハハ」

と笑い声まで立てる律儀な人がいることまで、ほぼわかってきている。そしてその後で、

「いやはや、今日もまたあのむかし話、聞かされました。どうもねえ、無理に笑ってみたり感心してみせたりするのは疲れますわ」

といっているのではないかと、疑心暗鬼にかられたりしているのだが、それでいて同じことを話している。年をとると思い出を語るしか、話すことがないので。

早春の白っぽい、瑞々しい空の色。肌を刺す冷たい風。田畑の連らなりの果に、遠く六甲山がぼやけている。

私は思い出す。そこにセーラー服の三人の女学生。一人が私でもう一人がナガボンでもう一人がワカバヤシだ。私のセーラー服はいい加減くたびれている。くたびれているのは五年間着通した（五年間、私はチビのままだったから）セーラー服だからである。卒業式が間近だった。ワカバヤシはお別れに憧れの英語の女先生に菫の花を

摘んで捧げたいといい出し、ナガボンと私はそれにつき合ったのだ。

三人は田の畦から畦へと菫を探して歩き廻った。六甲山から吹き下ろす風が田畑を渡ってくる。首を縮めてさぶいィ、さぶいィ、といい合う。菫が咲くには早い時期だったのだ。それでもワカバヤシは諦めずに探しつづけるので、仕方なくナガボンと私も探した。ないとわかってるのに探すのは辛いもんやネといいながら。

これが私のしみじみと心が潤う追憶のカケラである。何の思い煩うこともなく、無垢で野放図でしかし純だった。間違いなく「幸せな少女たち」だった私たち。

それから一年と経たないうちに、私たちはアメリカとの戦争の中へと吸い込まれ、やがて日本は負けて、形こそ違えそれぞれの艱難辛苦に晒された。ワカバヤシもナガボンも私も、そして、同級生みんなが。

漸く戦争が終り、戦後の混乱を生き延びて三十歳の声を聞いてから、クラスの何人かが集って、久々のこととてそれぞれが思い出話に熱中した。追憶なんていうゆとりあるものではない。小学校の時からの友達だったモンチャンの思い出話を私はこんなふうに記憶している。

「雑木林がね、どこまでも延々とつづいてるんやわ、その中の道をね、両手に荷物持って、家へ帰ろうとしてたんよ。伯母さんのところで貰うてきた大切な食糧がね、鯵と鯖の干物が二十匹に豚肉にカボチャにさつま芋、とうもろこし、小麦粉……重たいものばっかりやった。とにかく、くれるものぜんぶ、遠慮せんともろたんやから……うれしいてうれしいて、重たいことなんかちっとも感じへんかった。そしたら、気がついたら、犬が一匹ついてくるやないの、そのうち二匹になり、三匹になり……わたしのまわりをうろうろして離れへんの。干物の臭いがしたんやね。みんな野良犬やねん。餌をくれる人がないから野良犬になって、飢えてたんよ……」

野良犬は唸りを上げるようになった。追っても追っても干物が入っている手提げすれすれに鼻を寄せてくる。モンチャンは走った。走ったものだから犬どもも走った。今にも襲いかかりそうになったので、走りながらモンチャンは干物を摑み出して一枚投げた。犬どもが奪い合っているうちに逃げようとしたのだが、あっという間に追いつかれた。仕方なく、また一枚投げた。次々に投げ、とうとう干物は一枚もなくなってしまった。モンチャンはいった。

「そしてね、そしてね、とうとう、豚肉まで投げたんよゥ……」

「投げたァ?……全部?」

思わず何人もがいい、

「そうよう……全部よう……」

といったモンチャンの声は泣き声になっていた。まるでつい昨日の出来ごとであるかのように。そして私たちは「怖かったでしょうねえ」とはいわず、しみじみ、「惜しかったわねえ」といったのだった。

私たちにはしみじみと心が潤うような追憶はないのである。本当はあったのだろうが、それらは死にもの狂いで生きた日々の辛酸の重さに負けて埋もれてしまった。

敗戦の傷痕が漸く癒えて日本が経済成長に向い始めた頃、私は結婚に絶望し、小説で身を立てようとして同人雑誌に加入したのだが、その時の文学仲間に庄司重吉という男がいた。庄司は保健所の用務員をしていたが、その職を選んだのは、必ずや自分の小説が認められて作家になる日がくるという確信があり、あえて創作に打ち込める自由な時間のある仕事に就きたかったからである。といっても用務員という仕事が必ずしもらくなわけではなかった。彼は好き勝手に仕事の手ヌキをしていただけである。

彼は用務員室の真中（その頃、用務員室の半分はタタキ、半分は畳敷きだった）に小机を置いて小説を書いていた。看護婦が来て、

「庄司さん、階段の掃除して下さいよ。汚れてるわよ」

というと、

「うるさい！」

といって箒を投げる。仕方なく看護婦は箒を拾って掃除に行くというあんばいだった。

しかし彼は（私もだが）書いても書いても商業誌に認められず、私たちの同人誌に発表してはお互いにけなし合っているしかなかった。そうして二年経ち、三年経ち、四年経ち、五年経ち……あっという間に十年近く経ったある日、私のところへ彼から電話がかかってきた。いきなり彼はいった。

「オレ、今、警察にいるんだけどさ。すまないけど、愛ちゃん、身元引請人になって

くれないかい」

なんでそんなところにいるの？　と私は訊いたが、今、詳しい説明をするわけにはいかないということだったので、事情不明のまま、

「いいわよ」

と私は答えた。

庄司には妻も子もあり、私には夫がいた。だがなぜか、彼は妻にいい辛いことは私にいってくる。そんな間柄だったのだ。

その後、彼は私の家へやって来て、一部始終を話した。彼は乱交パーティに出ていたところへ警察官に踏み込まれ、「一網打尽」にされたのである。

パーティの中に刑事が紛れ込んでいたのだ、と彼はいった。

「現場にいて何もかも見ていたんだから、どうしようもないよな」

パーティには二十人ばかりの男女がいた。その男女が腰縄を打たれ、文字通り数珠つなぎになって連行されたのだという。そして留置場へほうり込まれた。

話の核心はこれからである。

彼は留置場の房の隅っこで、抱えた膝に額を押しつけて、何時間もじっとしていた。何も知らない妻が心配しているだろうこと、その妻にいうべき言葉を考えていた。

その時そんな彼に、同じ房にいた若者が、

「おじさん、なにやったんだ？」

と声をかけてきた。

「うん、オレか？」

といって彼は少し迷ったが、

「乱交パーティだ」

と白状した。

「ランコウパーティ？　何だい、それは？」

若者はいぶかしげに訊いたが、庄司には説明が出来ない。仕方なく、

「君は何をしたんだ？」

と話を逸らした。

若者は反安保デモで検挙された全学連で、「二十六歳で大学八年生」だといった。

なぜ八年生になっても大学にいつづけるのかというと、後継者がいないのでやめるにやめられないのだといった。彼は、このままで、いったい日本はどうなると思うか、と庄司に訊いた。庄司は答えられなかった。それで若者は演説を始めたが、庄司には、よくわからない演説だった。

「どうなるんだ、日本は！　どうなるんだ！」

という言葉を、若者は演説の区切り毎に入れたが、庄司は何もいえなかった。彼はそれどころではなかったのだ。

二日間、庄司はうずくまったまま全学連の演説を聞いた。どうなるんだ！　と何度いわれても、庄司は黙っていた。何ともいえない情けなさに庄司は拉《ひし》がれていた。十五年前、日の丸の旗に囲まれ、赤い襷を掛けてバンザイバンザイの歓呼の中で直立していた自分の姿が思い出されてきたという。

「天皇陛下のおん為、祖国の為に、命を捨てて尽す覚悟であります……」

と彼はいっていた。それから汽車に乗り、船に乗り……と庄司の追憶が広がろうとしていた時、その時、いきなり高らかな歌声が、留置場のどこかの房から響いてきて、庄司の想念を破った。

「起て飢えたる者よ　今ぞ日は近し……」

庄司もメーデーで聞いたことのある「インターナショナル」だった。と、忽ちそれに呼応する歌声が別の房から湧き上り、彼の房の八年生も演説をやめて歌い出した。

「覚めよわが同胞《はらから》　暁は来ぬ
暴虐の鎖断つ日　旗は血に燃えて
海をへだてつ我等　腕《かいな》結びゆく」

若さ漲る野太い歌声があっちからもこっちからも湧き起り、看守の制止もけし飛んで留置場をゆるがす大合唱になった。

「いざ戦わんいざ　奮い立ていざ！

ああインターナショナル　我等がもの」

その中で庄司は膝頭におでこを載せたまま、泣いた。やがて歌声は鎮まったが、庄司はまだ泣いていた。それを見て八年生がいった。

「泣くなよ、おじさん……」

その無邪気な慰めを聞くとますます庄司は泣けてくる。八年生は優しくいった。

「おじさんは悪くないよ。世の中が悪いんだ。泣くなよ、おじさん……」

この追憶を語った庄司重吉も、野良犬に追いかけられたモンチャンも、もうこの世にはいない。切なく辛い感懐が私の胸に残っているだけだ。私は思う。あの八年生の全学連はそれからどんな人生を歩んだだろう？　今頃はどこで何をしているのだろう？　七十歳を越えたであろう彼の追憶の中に、留置場で泣いていた「乱交パーティおじさん」の姿はあるかしらん？


追憶は、少なくとも私にとっての追憶というものは、キリキリと胸が疼くものなのだ。父の追憶、母の追憶、姉の、兄の、友達の、青春の、そして別れた夫の追憶。それは言葉や文字にならないものだ。例えばインタビュアーが、どんなお父さんでしたか、どんなお母さんでしたか、と訊いた時に答える言葉とは違う。言葉に出してはいいきれないものだ。

過去の断片をたぐり出すと、あの時やこの時が後から後からずるずるとつながって出てきて、やがて胸を疼かせる。楽しい追憶の筈がいつか悲しみに彩られている。父母への懐かしい追憶が苦い悔恨に染っている。

――ホテルの窓の下はサルビアが咲いていてプールがあった。プールサイドに白い椅子がひとつ。初夏の夕暮の日射しが当っている……。

その光景がある追憶を引き出す発端になる。それは甘美な追憶だが、甘美ゆえにキリキリと胸が疼く。キリキリと胸が疼く過去を引きずって人は生きているのだ。「追憶は楽しいです」と手紙に書いた人は、もしかしたら楽しいことばかり追憶するように努めていたのかもしれない。

「おばあちゃんがまだ伝い歩きしていた頃にお座敷に六角形の銅の火鉢があってね、その六面のひとつひとつに鳳凰やら龍やら麒麟や虎なんかが彫ってあったの。おばあちゃんはその火鉢につかまり立ちして、鳳凰の絵に指をさして」

と私がいい出すと、

「コッコ、コッコっていったんでしょ」

と、孫めはいう。

「そうなんだよ。するとお父さんがとっても喜んで」

「この子はなんて賢いんだろうっていうんでしょ」

「そうなの、それから虎を……」

しまいまでいわせず、

「ワンワン、ワンワンっていうんでしょ」

今日も私は孫とこんなやりとりをくり返している。私はもう老いたので、追憶に耽るよりも、こんな思い出話をくり返している方がらくでいいのである。

花散る日に思う

強風に門脇の桜が舞い散る午下り、なにを考えるということもなく坐っていると、昔のクラスメイトのネコから電話がかかった。

「アイちゃん、知ってる？　Oさんが亡くなったんやて」

ネコは女学生だった頃からの通称で、今も十七匹の猫を飼っていてその世話に明け暮れている猫好きである。

「Oさんが……いつ？」

と私はいった。Oさんもかつてのクラスメイトである。

「お葬式、今日やねん」

「今日？」

「今頃もうすんだやろね」

「ふーん」

と私はいった。「ふーん」という返事はないだろうと思いながら。

Oさんと私は家が近かったこともあって、かつては親しくつき合っていた。殊に戦争中、お互いに慌ただしく結婚をし、まだ離婚が女の恥であった頃にさっさと離婚して人の口端に上った仲間だったから、ひと頃は親身な友情に結ばれ互いに愚痴を洩らし合い、別れた亭主の悪口をいい合い、それを慰め励みにしていた時代がある。そのOさんが亡くなったと聞けば、

「えーッ！」

と絶句し、

「いつ？　なんで？　どこで？　どうして」

とたたみかけるのが普通ではないか。

東京に出て来てもの書きの端くれになった頃から、長い年月親友だった池田敦子さんが急死したのは七年前である。「敦子が急に亡くなりました」という兄君からの電話を聞くなり私は、

「エーッ！」

と悲鳴を上げ、明るい陽が射していた目の前の庭が急に暗くなり、

「どうして……！」

といったきり、どっと溢れてきた涙に声が詰った。後は泣くばかり。電話の向うはシーンとして、兄君はただ私の泣き声を聞くしかなかったろう。

なんで死んだ！　なぜいなくなった！　なぜだ！　どっと襲ってきた怖ろしい喪失感。中山あい子の時もそうだったし、昔のクラスメイトの「モンちゃん」や「マンダ」や「ワカバヤシ」の時もそうだった。

なのに今は、

「ふーん」

だ。驚愕も興奮もない。ネコはこういった。

「さっきSさんに報らせたらね。あの人、こんなことというんやわ、『え、そう。そんなら私もとり残されんように早う死なんならん』て……」

そしてネコは笑った。私も笑った。

私たちは「死」に馴れたのだ。今は死は身近なものになってしまった。驚いたり悲しんだりするものではなくなった。孫が嫁を貰ったとか、アメリカへ留学したというような日常的な現象と並ぶものになったのだ。

早逝した友人の通夜や葬儀の帰途、泣き腫らした眼を見合せて、「そんならね、元気でね、身体大事にしてね、長生きしようね」といい合ったのはいつのことか。今は、

「じゃ失礼するわね、サイナラ」

「サイナラ、ご苦労さんでした」

実にあっさりしたものだ。

「生きてても べつに楽しいことがあるわけじゃねえけど、死なねえからしょうがないわな、生きてるよか……アハハハ」

ラーメン屋でそんなじいさんの声が聞え、私は「まったくねえ」と同感する思いだったが、連れの若い人は、

「あんなことといってウソよ」

と断定し、もう一人は、

「幸福な老後を送ってる人はあんなことというのよ」

といった。そうかもしれない。だがそうでないかもしれない。人の言葉を忖度するのは私の得意とする趣味だったが、今はその趣味も減退した。


春が近づくと我が庭には白梅が三本と紅梅が順々に咲く。それが散ると門の脇の桜の蕾がほころび、三分咲き、五分咲き、七分咲きと順を追い、絢爛《けんらん》たる満開となって三日。今は突風に揺さぶられて雪のように舞い散っている。この桜は昭和三十一年にこの家を購入した時にすでに大木だったから、樹齢は八十年くらいにもなるだろうか。ここは大昔（見遥かす田園の中に三軒しか茶屋がなかったので三軒茶屋と呼ばれるようになったという）、農村を見下ろす丘陵地帯だったのだろう。この桜はもしかしたらその頃この丘に生れた若木だったかもしれず、また、関東大震災の後、建売り住宅地として開かれた時に、施工主によって植えられたものかもしれない。数年前まではこの界隈はどの家にも桜の大木が見事な花を咲かせていて、通行人の目を楽しませていたものだ。

「ここへ来れば、上野まで花見に行くことなんかないね」

と道行く人のいう声が聞えたりしていた。

私がここへ来てからもう五十年経った。その間にこの界隈の桜の大木は次々に姿を消して、いつの間にか我が家の桜一本だけになってしまった。居住者が移転した亡くなったりする度に桜は消えていき家並が変った。

私は桜の幹に手を当てて、

「今年もきれいな花を咲かせてくれてありがとう」

と神妙に礼をいう。過去を顧れば、いつ桜が咲いていつ散ったのやら、知らないうちに気がついたら夏がきている、という年月があった。門の傍に咲いている桜なのに見向きもせずに仕事先に向って走り出し、走り帰っていた。帰るなり次の仕事にとりかかる。

「今年もきれいに咲いたでしょうねえ」

出先で人からいわれることがあっても、

「え？　なに、桜？　ああ、咲きました」

といい加減に返事をする。春だからね、春がくれば咲くわいな、という荒くれた気持だった。もっというなら、こっちは桜どころか！　勝手に咲け！　というような。

桜ばかりか、庭は雑草に埋もれ、あちこちに転がっていた犬の糞は、雑草のおかげで見えなくなるのが有難かった。直木賞を受賞した時のグラビア写真はその雑草の中で撮影されたので、写真を見た人から、あれはどこですか？　軽井沢ですか？　と訊かれた。草原の別荘か何かでの撮影かと人は思ったのである。

それでも桜は、樹々たちは、怒りもせず愛想尽かしもせず、季節が廻《めぐ》ってくると黙々と花を咲かせ黙々と散り、また咲いた。見られるために咲くわけではない。使命と思ってのことでもない。誇らかでもない。何も思わず四季の廻りに素直に添って無心に咲いている。

ごつごつした老桜の木肌に手を置いて、

「ごめん。すみませんでした」

と謝る。

「ありがとう、来年も咲いてね」

といい、その太い幹の手ざわりの粗さにふと泣けてくる。しみじみと感謝の気持が湧いてくるのは、あらくれの私にもいよいよ人生の終りがきているということなのだろう。老いるということはこういう気持ちになることらしい。死はいつも隣りにいる。馴染んだ気持でそう思う。

話は変るが、富山県の病院で、外科部長が五年間に六人の老齢患者の人工呼吸器を取り外していたという事実が判明し、それを知った病院長が「倫理上問題である」と批判して、延命治療の可否が方々で論じられている。私のところへもコメントを求める電話がかかってくるのは、高齢者の一人であるからだろう。しかし延命治療中止は可か否か、と詰め寄られても、可とか否とか、私にははっきり答えられない。

若い時ならともかく、七十八十になればもう十分生きた、もうこれ以上無理やり生きる必要はないというのが私の気持である。良寛のように死ぬ時がくれば死ねばよく候と思っている私であるが、そうはいっても厳密に考えると「死ぬ時」というのはいつなのか。医学のもろもろの進歩のおかげで、それがわかりにくくなっているのが厄介なのである。「死ぬ時」はお医者さんが決めるのか、神さまが決めるのか、自分で決めよといわれても、何を根拠に決めればいいのか、多分、意識その他弱り果てているだろうから判断がつかないだろう。

二十年ばかり前のこと、私の女友達の当時七十八の姑さんが老耄して、素裸で走り廻るようになり、それが三年つづいた。夫を亡くしたヨメである友達はただ一人の介護者だったので、更年期にさしかかったこともあって疲労困憊。走り廻る姑さんは丸々と太って元気いっぱい、彼女の方は倒壊寸前の朽木という有さまだった。

そのうち姑さんは厳冬に裸で表を走ったのがもとで風邪から肺炎を惹き起した。年が年であるから日ましに病は重篤になって入院した。それで漸く友達はひと息ついたのだったが、病院は完全看護という建前とはいえ、人手不足のために行き届かないことが多々ある。人の好い彼女は看病のために病院に詰めきりになった。次から次へとたいへんねえ、と同情すると、たいへんだけれども、前と違って希望があるからね、と彼女は小声でいった。希望というのは姑さんが死ぬという希望である。もうすぐ山頂に至ると思えば苦しい登山も耐えられるのだ。それほど姑さんは重態だったのである。

姑さんの担当医は医師になって間もない熱血の青年医師で、担当医としての責務に打ち込んでいた。そのうち姑さんはついに危篤状態になって、友達に明るい光が射してきた。そうなの！　それはそれはと私も共に明るくなったのである。

だが翌々日の夜、彼女から電話がかかり、地の底から湧いてくるような陰気な声がいった。

「ダメだったのよ……」

「ダメ？　亡くなったの？」

「いや、ダメだったのよ」

「だから……」

といいかけて私は悟った。ダメというのは、「命がダメになった」ということではなく「命がダメになること」が「ダメになった」ということなのだった。姑さんは危機を脱したのだ。熱血医師は日夜、一心不乱に瀕死の姑さんを蘇らせたのだ。

姑さんの肺は点滴の管に繋がれて日に日に回復していった。動けるようになると点滴をいやがって自分で外したり暴れたりするようになった。もう点滴はやめて下さいと彼女がいうと熱血医師は怒っていった。

「治そうとしてぼくは一所懸命にやってるんです。点滴をつづけなければ治りません！」

治す方法がないのであれば仕方がないが、あるのにそれを用いないということは医師としての怠慢、良心に恥じる所業になるのだと彼はいったという。

姑さんは順調に回復し、退院した。元気になり、又もや裸で走り出した。ベッドに手足を括りつけられて喚いているということだった。

その後、私はこのことを踏まえて考えたことを、ある大学病院が主催のお医者さんばかりの講演会でこういった。

「神さまはこの人間を天国に召そうとして引っぱっておられる。その脚をお医者さんが下から引っぱる。私は神さまとお医者さんの綱引きの綱になるのはごめんです」

忽ち爆笑が湧き起り、仕方なく私も苦笑して演壇を下りたのだったが、なぜあんなに爆笑が起きたのか、当時はそれほど奇抜な発想だったのかもしれない。講演の後私が控室にいると、見るからに偉そうな、重厚のたたずまいの（確か東大だったかの名誉教授であるとか、後で聞いた）老紳士が杖をつきながら近づいて来られた。

「さっきのあなたの話に私は耳を洗われた思いがしました。あのことは私ども医師がよくよく考えなければならないことでした」

老紳士はそういい、それからちょっと目を細くしてつけ加えた。

「あなたはたいへんいいことをいわれる方ですが、ただね。ふざけた調子がいけませんね。大切なことはやはり真面目におっしゃった方がいい……」

私は恐縮して校長先生の前に出た劣等生のように、連隊長の前の二等兵のように（いや、どうも、どの比喩も古いこと）ただ、はッ、はッ、というだけだった。後にも先にも私のいったことをこのように真面目に聞いて真面目に評価してくれた人はこの老紳士だけである。その有難さは何年経っても私は忘れない。

医学が今のように進歩していなかった頃、人の寿命がほぼ六十代か七十そこそこであった頃、生はめでたく死は忌むべきものだった。医学の進歩のおかげで今や長命は普通のことになり、必ずしもめでたくはなくなった。そればかりか高齢者は生きつづけることの意味、必要を考えなければならなくなった。自分で考えるのならまだしも、生きつづけるべきか死ぬべきかを、家族や医師に考えてもらわねばならない場合が増えてきた。アレが食べたい、コレが食べたい、いやもう何も食べたくない、ということもない。食べなくても点滴が栄養を補給してくれる。何もせず、何も考えず、人工呼吸器によって、延々と生きつづける。そして、ある日人々の相談の末に死なせてもらう。それが「進歩」というものの姿のひとつである。

昔の情は今の非情になった。人工呼吸器を外した外科部長は情の人だったのだろう。そしてその情は「倫理」によって裁かれる。人工呼吸器は口から管をさし込んで気管につなぐのだが、長期になると気管切開をしてさし込むと聞く。装着すれば呼吸は安定するが、当然つけていることによる苦痛はつづく。そのため二十四時間態勢で麻酔をしつづけなければならない。患者はうつらうつら、半醒半睡。麻酔がなければ苦しむ。

呼吸器をつけている間苦痛はつづく。死ぬまでつづく。いったいそれが、あるべき（あっていい）死に至る姿だろうか。その様を「とても見ていられない無惨なありよう」と感じて、心を動かされない医師が正義の医師として職務を全う出来るのだ。

科学の進歩は果して人間を幸福にするのか。ずっと以前から私はそのことを考えつづけてきた。この進歩を肯定するには、人は人としての感情を捨て感性を麻痺させ、考えることをやめて無機質になることが必要である。

「人が死ぬときはな、あの世からお迎えが来ますのや」

私を育ててくれたばあやはよくそういった。

「年いったら、わかりますねん。そろそろお迎えがくる頃やなァというて、ばあやのおばあさんは経帷子を縫うて待ってましたわ」

「ふーん」

と私は感心し、お迎えに来てくれるのなら死ぬのは怖くないと安心したものだった。

あの世からのお迎えを待つ——何という自然な穏かな安心の境地だろう。お迎えは誰だろう、おじいさんか、ひいばあさんか、お父さんなら嬉しいけどあの世へ行ったばかりだから、まだお迎え役にはつかせてもらえないかもしれないね、などと話したり、経帷子を縫ったりして少しずつ死に馴染んでいくことで、死の苦しみや悲しみに馴れておく。これが昔の人の知恵というものだった。だがそんな素朴な知恵は文明の進歩に踏みつぶされた。

「折角お迎えに来ても、素直についてきてくれへんから、お迎えのご先祖もうろうろするばっかりやねえ」

「一日で連れて帰るつもりが、三日、四日、五日と延びて動きがとれず、どないしよう？　困ったなァと途方に暮れる……」

ネコと私はいい合った。

「しようがない、そんならいったん、戻りまひょか」

とネコがいえば、

私「めんどくさいなァ、なんでこんなことになったんやろう」

ネコ「誰や、はよ行けはよ行けいうたんは」

私「行ったり来たり……たいがいにしてくれんかいな」

かれこれ六十五年の友達であるから、イキがすぐに合うのだ。もう、そんなことでもいって笑っているよりしようがない。

花散るや　この家の婆ァまだ死なず

著者　佐藤愛子（さとう・あいこ）

1923年大阪生まれ。甲南高等女学校卒業。小説家・佐藤紅緑を父に、詩人・サトウハチローを兄に持つ。1969年『戦いすんで日が暮れて』で第61回直木賞、1979年『幸福の絵』で第18回女流文学賞、2000年『血脈』の完成により第48回菊池寛賞、2015年『晩鐘』で第25回紫式部文学賞を受賞。2017年旭日小綬章を受章。最近の著書に、大ベストセラーとなった『九十歳。何がめでたい』『冥界からの電話』『人生は美しいことだけ憶えていればいい』『気がつけば、終着駅』『九十八歳。戦いやまず日は暮れず』などがある。

帯写真　中西裕人

装丁デザイン　大前浩之（オオマエデザイン）
本文デザイン　尾本卓弥（リベラル社）
DTP　田端昌良（ゲラーデ舎）
校正　山下祥子
編集人　安永敏史（リベラル社）
編集　伊藤光恵（リベラル社）
営業　青木ちはる（リベラル社）
広報マネジメント　伊藤光恵（リベラル社）
制作・営業コーディネーター　仲野進（リベラル社）

編集部　中村彩・木田秀和
営業部　津村卓・澤順二・津田滋春・廣田修・竹本健志・持丸孝

※本書は 2006 年に文藝春秋より発行した『まだ生きている ― 我が老後 ―』を新装復刊したものです。

まだ生きている　新装版

2024 年 7 月 23 日　初版発行

著　者　佐 藤　愛 子
発行者　隅 田　直 樹
発行所　株式会社 リベラル社
〒460-0008　名古屋市中区栄3-7-9　新鏡栄ビル8F
TEL 052-261-9101　FAX 052-261-9134
http://liberalsya.com
発　売　株式会社 星雲社（共同出版社・流通責任出版社）
〒112-0005　東京都文京区水道1-3-30
TEL 03-3868-3275
印刷・製本所　株式会社 シナノパブリッシングプレス

 ISBN 978-4-434-34307-0　C0095

女の背ぼね　新装版

著者：佐藤 愛子　四六判／ 224 ページ／￥1,200 ＋税

愛子センセイの痛快エッセイ

女がスジを通して悔いなく生きるための指南書です。幸福とは何か、夫婦の問題、親としてのありかた、老いについてなど、適当に賢く、適当にヌケて生きるのが愛子センセイ流。おもしろくて、心に沁みる、愛子節が存分に楽しめます。

老い力　増補新装版

著者：佐藤 愛子　四六判／ 288 ページ／￥1,300 ＋税

愛子センセイの豪快・痛快エッセイ集！

100 歳を迎えてもなお現役！ 老い、夫婦、仕事、健康と病気、死……重いテーマすら佐藤愛子センセイの筆にかかれば「そんなものか」と思ってしまうほど。老いゆく覚悟を綴った愛子センセイのエッセイ傑作選。元気がもらえる一冊です。

ボケずに大往生

著者：和田 秀樹　四六判／ 248 ページ／￥1,200 ＋税

人生 100 年時代。歳をとれば物忘れもするし、認知症の足音も聞こえてきます。本書では、ベストセラー精神科医である著者が、自身も実践する、日頃の暮らし方や意識を少し変えるだけで、ボケずに、幸せな老後を過ごせる生き方を教えます。

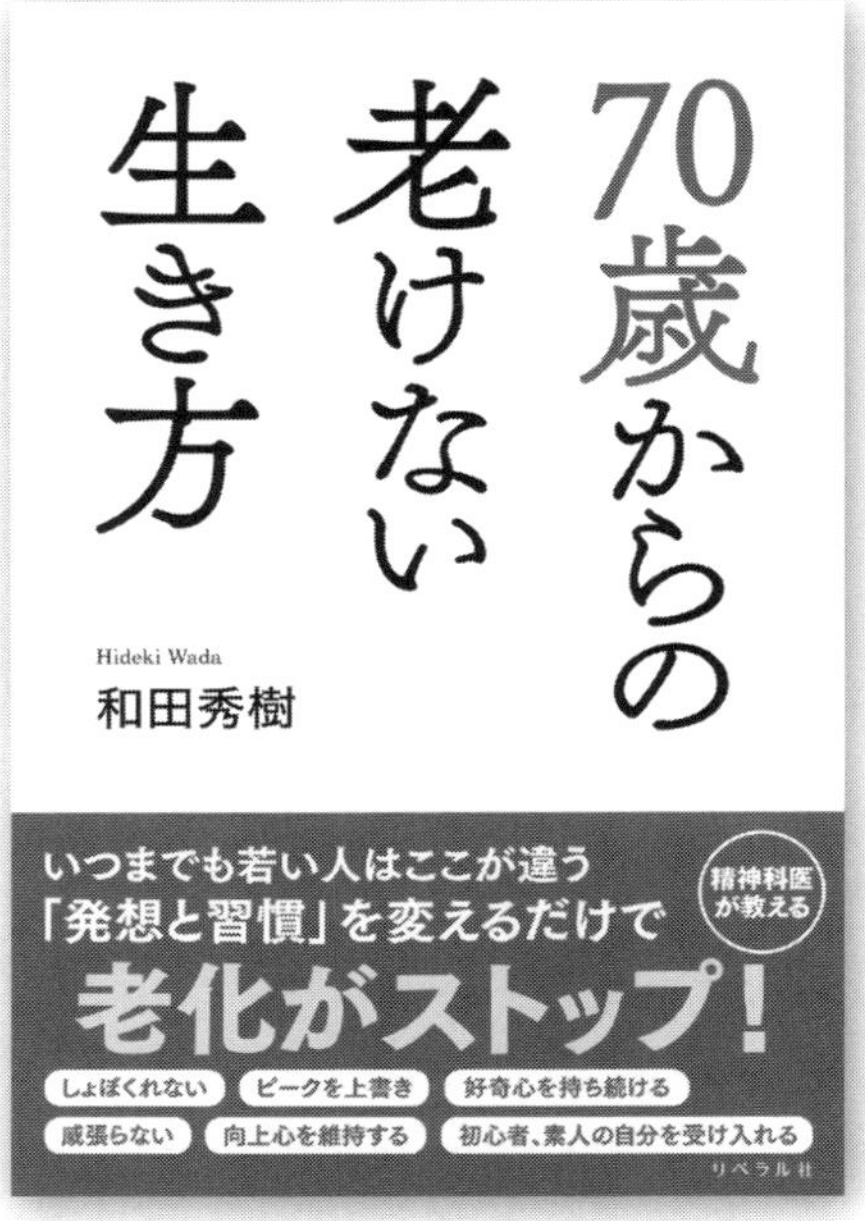

70 歳からの老けない生き方

著者：和田 秀樹　四六判／ 224 ページ／￥1,200 ＋税

70 代以降の肉体的・精神的な老化をストップ。健康寿命 ＝「寿命の質」を延ばし、上機嫌で生きていくためには、「発想と習慣」の転換が必要です。老年医学に精通した著者が生涯現役でアクティブに、充実したセカンドライフを過ごす方法を紹介します。